महान् बनने का विज्ञान

महान् बनने का विज्ञान

वॉलेस डी. वॉटल्स

प्रकाशक

प्रभात पेपरबैक्स

4/19 आसफ अली रोड, नई दिल्ली-110002

फोन : 23289777 • हेल्पलाइन नं. : 7827007777

इ-मेल : prabhatbooks@gmail.com ❖ वेब ठिकाना : www.prabhatbooks.com

संस्करण

प्रथम, 2021

अनुवाद

श्वेता भट्ट

मूल्य

दो सौ रुपए

अ.मा.पु.स. 978-93-90378-42-5

मुद्रक

आर-टेक ऑफसेट प्रिंटर्स, दिल्ली

MAHAN BANANE KA VIGYAN
by Wallace D. Wattles
(Hindi translation of 'THE SCIENCE OF BEING GREAT')

Published by **PRABHAT PAPERBACKS**
4/19 Asaf Ali Road, New Delhi-110002

ISBN 978-93-90378-42-5

₹ 200.00

अनुक्रम

1

कोई भी व्यक्ति महान् बन सकता है

प्रत्येक व्यक्ति के अंदर शक्ति का एक सिद्धांत होता है। इस सिद्धांत के बुद्धिमत्तापूर्ण उपयोग एवं मार्गदर्शन के द्वारा मनुष्य स्वयं अपनी आंतरिक शक्ति का विकास कर सकता है। मनुष्य में एक अंतर्निहित शक्ति होती है, जिसकी सहायता से वह जिस दिशा में चाहे, प्रगति कर सकता है और उसकी प्रगति की संभावनाओं की कोई सीमा भी दिखाई नहीं देती। अभी तक कोई मनुष्य किसी एक क्षेत्र में इतना महान् नहीं बन पाया है कि किसी और के उससे अधिक महान् बनने की संभावना न हो। यह संभावना उस मूल तत्त्व में है, जिससे मनुष्य बना हुआ है। प्रतिभा वह सर्वज्ञता है, जो मनुष्य के अंदर प्रवाहित होती रहती है।

प्रतिभा योग्यता से बढ़कर होती है। योग्यता तो सिर्फ किसी एक क्षेत्र में विशेष कार्य करने की क्षमता हो सकती है, जो अन्य क्षेत्रों के अनुपात में इस क्षेत्र में अधिक हो; किंतु प्रतिभा आत्मा के कर्मों में, मनुष्य और भगवान् के मिलन के समान होती है। महान् व्यक्ति हमेशा अपने कर्मों से अधिक महान् होते हैं। वे एक ऐसी संचित शक्ति के संपर्क में होते हैं, जो असीमित होती है। हम नहीं जानते कि मनुष्य की मानसिक शक्ति की सीमा कहाँ है; हम यह भी नहीं जानते कि ऐसी कोई सीमा है भी या नहीं।

सचेतन विकास की यह शक्ति अन्य जीवों को नहीं मिली है; यह सिर्फ मनुष्य के पास है और वही इसका विकास करके इसमें वृद्धि कर सकता है। अन्य जीव काफी हद तक इनसानों द्वारा प्रशिक्षित और विकसित किए जा सकते हैं; लेकिन मनुष्य स्वयं ही अपने आपको प्रशिक्षित करके अपना विकास कर सकता है। सिर्फ उसी के पास ऐसा करने की शक्ति है और वह भी असीमित मात्रा में।

मनुष्य अपनी मरजी से अपना विकास कर सकता है; पेड़-पौधों का विकास सिर्फ कुछ संभावनाओं और विशेषताओं तक सीमित होता है; मनुष्य अपने अंदर ऐसी किसी भी विशेषता का विकास कर सकता है, जो उसने कहीं भी या किसी में भी देखी हो।

मनुष्य के लिए उसके जीवन का उद्‌देश्य है—बढ़ना और विकास करना, वैसे ही, जैसे पेड़-पौधों के जीवन का उद्‌देश्य भी बढ़ना होता है। पेड़-पौधे स्वतः ही—एक निश्चित तरीके से बढ़ते हैं, मनुष्य अपनी मरजी से अपना विकास कर सकता है; पेड़-पौधों का विकास सिर्फ कुछ संभावनाओं और विशेषताओं तक सीमित होता है; मनुष्य अपने अंदर ऐसी किसी भी विशेषता का विकास कर सकता है, जो उसने कहीं भी या किसी में भी देखी हो। जो कुछ भी भावना में संभव है, शरीर के लिए असंभव नहीं हो सकता। जो कुछ भी मनुष्य सोच सकता है, उसे कार्यान्वित करना उसके लिए असंभव नहीं हो सकता। जिस चीज की वह कल्पना कर सकता है, उसे प्राप्त करना उसके लिए असंभव नहीं है।

मनुष्य विकास करने के लिए ही बना है और प्रगति करना उसके लिए अनिवार्य है। उसकी खुशी के लिए यह आवश्यक है कि वह निरंतर बढ़ता रहे।

प्रगति के बिना जीवन असहनीय हो जाता है। जो व्यक्ति आगे

बढ़ना छोड़ देता है, वह या तो निर्बल हो जाता है या पागल। जितनी अधिक-से-अधिक, सामंजस्यपूर्ण और निर्विघ्न उसकी प्रगति होगी, उसे उतनी ही अधिक खुशी प्राप्त होगी।

किसी भी व्यक्ति में ऐसी कोई संभावना मौजूद नहीं होती, जो अन्य व्यक्तियों में न हो; लेकिन यदि वे स्वाभाविक रूप से आगे बढ़ते हैं तो कोई भी दो व्यक्ति एक जैसे नहीं बनते। एक समान नहीं होते। हर मनुष्य दुनिया में एक पूर्ववृत्ति के साथ जन्म लेता है, एक विशेष तरीके से प्रगति करने और उसके लिए उसी के अनुसार बढ़ना आसान होता है, बजाय किसी और तरीके के। यह एक बुद्धिपूर्ण व्यवस्था है, क्योंकि इससे हमें असीमित विविधता प्राप्त होती है। यह ऐसा ही है, जैसे कोई माली अपने सारे बीज एक ही टोकरी में डाल देता हो; सतही तौर पर देखनेवाले को वे सारे बीज एक जैसे लगेंगे, लेकिन जब पौधे बड़े होंगे तो उनमें काफी विभिन्नता नजर आएगी। ऐसा ही स्त्रियों व पुरुषों के साथ होता है। वे बीजों से भरी एक टोकरी के समान होते हैं। एक गुलाब की तरह खिलकर दुनिया के किसी अँधेरे कोने में रोशनी और रंग भर सकता है; कोई कुमुदिनी (लिली) बनकर हर देखनेवाले को प्रेम और पवित्रता का पाठ पढ़ा सकता है, कोई ऊपर चढ़नेवाली बेल बनकर किसी काली चट्टान की खुरदुरी व रूखी बाह्य रेखा को छुपा सकता है और कोई विशाल बलूत का पेड़ बन सकता है, जिसकी शाखाओं के बीच पक्षी अपने घोंसले बना सकते हैं, चहचहा सकते हैं और जिसकी छाया में दोपहर के समय पशुओं के

हर मनुष्य दुनिया में एक पूर्ववृत्ति के साथ जन्म लेता है, एक विशेष तरीके से प्रगति करने और उसके लिए उसी के अनुसार बढ़ना आसान होता है, बजाय किसी और तरीके के। यह एक बुद्धिपूर्ण व्यवस्था है, क्योंकि इससे हमें असीमित विविधता प्राप्त होती है।

झुंड आराम कर सकते हैं; लेकिन प्रत्येक मनुष्य कुछ-न-कुछ सार्थक करेगा, कुछ असाधारण, कुछ परिपूर्ण।

हमारे आसपास के साधारण जनजीवन में अकल्पनीय संभावनाएँ विद्यमान हैं; कहा जा सकता है कि दुनिया में साधारण लोग हैं ही नहीं। राष्ट्रीय आपदा और त्रासदी के समय गाँव के सामान्य जन भी अंदर मौजूद शक्ति के सिद्धांत के स्पंदन के कारण हीरो और राजनीतिज्ञ बन जाते हैं। हर पुरुष और स्त्री में कोई विशिष्टता होती है, जो सामने लाए जाने के इंतजार में होती है। हर गाँव के पास अपना एक महान् व्यक्ति होता है, चाहे वह कोई पुरुष हो या स्त्री; कोई ऐसा, जिसके पास संकट के समय सब सलाह लेने जाते हैं; कोई ऐसा, जिसे देखते ही समझ में आ जाता है कि उसके पास ज्ञान, बुद्धि और अंतर्दृष्टि का भंडार है। ऐसे व्यक्ति के पास समाज के सभी लोग स्थानीय संकट के समय मदद लेने आते हैं; बिना कुछ कहे ही सब उसे महान् मानने लगते हैं। वह छोटे-छोटे कार्य भी शानदार तरीके से करता है। वह चाहे तो बड़े-बड़े काम भी कर सकता है। ऐसा कोई भी व्यक्ति कर सकता है; आप भी कर सकते हैं। शक्ति का सिद्धांत हमें वही देता है, जो हम उससे माँगते हैं। यदि हम छोटे-छोटे दायित्व उठाना चाहते हैं तो वह हमें छोटे कामों को करने जितनी शक्ति प्रदान करता है; लेकिन यदि हम कोई महान् कार्य असाधारण तरीके से करने का प्रयास करते हैं तो वह हमें उसके लिए भी भरपूर शक्ति प्रदान करता है।

> ***हर गाँव के पास अपना एक महान् व्यक्ति होता है, चाहे वह कोई पुरुष हो या स्त्री; कोई ऐसा, जिसके पास संकट के समय सब सलाह लेने जाते हैं; कोई ऐसा, जिसे देखते ही समझ में आ जाता है कि उसके पास ज्ञान, बुद्धि और अंतर्दृष्टि का भंडार है।***

लेकिन महान् कार्यों को साधारण तरीके से करने के प्रति सावधान

रहें। इस विषय में हम विस्तार से बात करेंगे।

दो दृष्टिकोण हैं, जिनमें से एक का चुनाव व्यक्ति कर सकता है। एक उसे फुटबॉल की तरह बना देता है। उसमें लचीलापन होता है और ताकत लगाने पर उसकी ओर से मजबूत प्रतिक्रिया मिलती है; लेकिन उससे कुछ नया उत्पन्न नहीं होता; वह स्वत: कोई कार्य नहीं करता। उसके अंदर स्वयं की कोई शक्ति नहीं होती। ऐसा दृष्टिकोण रखनेवाले व्यक्ति परिस्थितियों और वातावरण के नियंत्रण में रहते हैं। उनकी नियति बाह्य वस्तुएँ तय करती हैं। उनके अंदर शक्ति का सिद्धांत असल में कभी सक्रिय नहीं होता। वे कभी अपने मन से कुछ कहते या करते नहीं। दूसरा दृष्टिकोण व्यक्ति को एक बहते हुए झरने के समान बना देता है। शक्ति उसके अंतर्मन से निकलती है। उसके अंदर पानी का झरना होता है, जो अनंत जीवन प्रदान करता है। वह शक्ति का विकिरण करता है; उसके ऊपर वातावरण का प्रभाव नहीं होता। उसके अंदर शक्ति का सिद्धांत सदैव क्रियाशील रहता है। वह स्वयं भी सक्रिय रहता है। उसके अंदर जीवन समाहित रहता है।

ऐसा दृष्टिकोण रखनेवाले व्यक्ति परिस्थितियों और वातावरण के नियंत्रण में रहते हैं। उनकी नियति बाह्य वस्तुएँ तय करती हैं। उनके अंदर शक्ति का सिद्धांत असल में कभी सक्रिय नहीं होता। वे कभी अपने मन से कुछ कहते या करते नहीं। दूसरा दृष्टिकोण व्यक्ति को एक बहते हुए झरने के समान बना देता है। शक्ति उसके अंतर्मन से निकलती है।

स्वयं को सक्रिय रखने से बेहतर बात किसी भी पुरुष या स्त्री के लिए और कोई नहीं हो सकती। विधि द्वारा निर्धारित जीवन के सारे अनुभव मनुष्यों को सक्रियता की ओर ही उन्मुख करते हैं; उन्हें विवश करते हैं कि वे परिस्थितियों के आगे हथियार न डालें, बल्कि वातावरण

को अपने अनुकूल कर लें। अपनी निम्नतम अवस्था में मनुष्य अवसर और परिस्थिति का शिशु होता है और भय का गुलाम। उसके द्वारा किए गए कार्य वातावरण में स्थित शक्तियों के उस पर प्रहार के फलस्वरूप उपजी प्रतिक्रियाओं के रूप होते हैं। वह उसी प्रकार कार्य करता है, जैसा उसके लिए किया जाता है। वह कोई नया सृजन नहीं करता; लेकिन उस निम्नतम अवस्था में उसके अंदर शक्ति का सिद्धांत इतनी मात्रा में होता है कि वह अपने हर डर पर विजय प्राप्त कर सकता है और यदि वह यह सब सीखकर स्वत: सक्रिय हो जाता है तो उसमें ईश्वरीय गुण आ जाते हैं।

मनुष्य के अंदर शक्ति के सिद्धांत का जाग्रत् होना ही असली परिवर्तन है—मृत्यु से जीवन की ओर अग्रसर होना! ऐसा तब होता है, जब मृत व्यक्ति जीवित मनुष्य की आवाज सुनते हैं और आकर पुन: जीने लगते हैं। यह पुनर्जन्म और जीवन होता है।

मनुष्य के अंदर शक्ति के सिद्धांत का जाग्रत् होना ही असली परिवर्तन है—मृत्यु से जीवन की ओर अग्रसर होना! ऐसा तब होता है, जब मृत व्यक्ति जीवित मनुष्य की आवाज सुनते हैं और आकर पुन: जीने लगते हैं। यह पुनर्जन्म और जीवन होता है। जब यह जाग्रत् होता है तो मनुष्य उस सर्वव्यापी का पुत्र बन जाता है और स्वर्ग में तथा पृथ्वी पर उसे सारी शक्तियाँ प्रदान की जाती हैं।

ऐसा कुछ भी किसी मनुष्य में नहीं था, जो आप में नहीं है; किसी के पास इतनी आध्यात्मिक या मानसिक शक्तियाँ नहीं हुई हैं, जो आपके पास नहीं हो सकतीं; किसी ने अब तक इतना महान् कर्म नहीं किया है, जो आप नहीं कर सकते। आप निश्चित रूप से वह बन सकते हैं, जो आप बनना चाहते हैं।

□

2

आनुवंशिकता एवं अवसर

आपको आनुवंशिकता द्वारा महानता प्राप्त करने से कोई नहीं रोकता। इस बात से कोई फर्क नहीं पड़ता कि आपके पूर्वज कौन थे और क्या थे या वे कितने अशिक्षित या कितनी साधारण स्थिति के थे। आपके लिए ऊँचाई का रास्ता सदैव खुला रहता है। किसी विशेष मानसिक स्थिति को विरासत में पाने जैसी कोई चीज नहीं होती। हमें अपने माता-पिता से चाहे कितनी भी कम मात्रा में बुद्धि का खजाना मिले, हम उसे बढ़ा सकते हैं; कोई भी इनसान जीवन में आगे बढ़ने की असमर्थता के साथ जन्म नहीं लेता।

आनुवंशिकता का महत्त्व भी होता है। हम अवचेतन मानसिक प्रवृत्तियों के साथ जन्म लेते हैं; उदाहरण के तौर पर, उदास रहने की प्रवृत्ति या कायरता की या फिर अत्यधिक क्रोध की; लेकिन हम इन सभी अवचेतन प्रवृत्तियों पर जीत हासिल कर सकते हैं। जब हमारे अंदर का असली मनुष्य जागता है और सामने आता है तो वह इनको आसानी से अपने से दूर कर सकता है। ऐसी किसी भी प्रवृत्ति के कारण आपको हताश होने की आवश्यकता नहीं है। यदि आपको विरासत में अनचाही मानसिक प्रवृत्तियाँ मिली हैं तो आप उन्हें समाप्त करके उनके स्थान पर वांछनीय प्रवृत्तियाँ ला सकते हैं। एक आनुवंशिक मानसिक लक्षण

आपकी माता या पिता का कोई पुख्ता विचार हो सकता है, जो उन्होंने आपके अवचेतन मन पर अंकित कर दिया हो। आप अपने बिल्कुल विपरीत विचार को उसके स्थान पर स्थापित कर सकते हैं; आप निराशा की प्रवृत्ति को प्रसन्न रहने की प्रवृत्ति से बदल सकते हैं; आप कायरता और क्रोध पर काबू पा सकते हैं।

आनुवंशिकता का महत्त्व कुछ हद तक मस्तक/सिर की वंशानुगत आकृति में भी होता है। मस्तिष्क विज्ञान में कुछ तो होता ही है, चाहे उतना न भी हो, जितना उसके प्रतिपादक दावा करते हैं। यह सच है कि विभिन्न इंद्रियाँ मस्तिष्क में स्थानबद्ध होती हैं और प्रत्येक इंद्रिय की शक्ति मस्तिष्क के उस भाग में मौजूद सक्रिय कोशिकाओं की संख्या पर निर्भर करती है। वह इंद्रिय, जिसके पास मस्तिष्क का बड़ा हिस्सा है, अधिक शक्ति के साथ कार्य करेगी, बजाय उसके, जिसके पास कपाल का अनुभाग कम है; इसीलिए मस्तक की एक विशेष आकृतिवाले लोग अपनी प्रतिभा संगीतकारों, वक्ताओं, शिल्पकारों इत्यादि के रूप में दिखाते हैं। इस बात पर बहस भी हुई है कि एक व्यक्ति के मस्तिष्क का गठन काफी हद तक जीवन में उसकी स्थिति का निर्णय करता है; लेकिन यह गलत है। यह पता चला है कि मस्तिष्क का एक छोटा हिस्सा, जिसमें बहुत सारी महीन और सक्रिय कोशिकाएँ हैं, इंद्रियों को खुरदुरी व सुस्त कोशिकाओं से भरे मस्तिष्क

> ***आनुवंशिकता का महत्त्व कुछ हद तक मस्तक/सिर की वंशानुगत आकृति में भी होता है। मस्तिष्क विज्ञान में कुछ तो होता ही है, चाहे उतना न भी हो, जितना उसके प्रतिपादक दावा करते हैं। यह सच है कि विभिन्न इंद्रियाँ मस्तिष्क में स्थानबद्ध होती हैं और प्रत्येक इंद्रिय की शक्ति मस्तिष्क के उस भाग में मौजूद सक्रिय कोशिकाओं की संख्या पर निर्भर करती है।***

के बड़े हिस्से से अधिक शक्ति प्रदान करता है। यह भी पता चला है कि किसी विशेष प्रतिभा का विकास करने के संकल्प और उद्देश्य के साथ मस्तिष्क के किसी भी हिस्से में शक्ति के सिद्धांत का प्रयोग करके मस्तिष्क की कोशिकाओं को असीमित मात्रा में बढ़ाया जा सकता है। कोई भी इंद्रिय, शक्ति या प्रतिभा, जो आपके पास है, चाहे वह कितनी भी छोटी या अविकसित हो, बढ़ाई जा सकती है; आप मस्तिष्क के उस विशेष हिस्से की कोशिकाओं में तब तक वृद्धि कर सकते हैं, जब तक वह आपकी इच्छानुसार काम न करने लगे। यह सच है कि आप पूर्ण रूप से विकसित हो चुकी इंद्रियों के माध्यम से अपने काम आसानी से कर सकते हैं। आप सहजता से—बिना अधिक परिश्रम किए—वे सारे काम कर सकते हैं, जो आपके लिए स्वाभाविक होते हैं; लेकिन यह भी सच है कि यदि आप आवश्यक श्रम करें तो अपने अंदर किसी भी प्रतिभा का विकास कर सकते हैं। आप वह कर सकते हैं, जो आप करना चाहते हैं और वह बन सकते हैं, जो आप बनना चाहते हैं। जब आप अपने लिए कोई लक्ष्य निर्धारित करते हैं और हमारे दिए निर्देशों के अनुसार उस दिशा में बढ़ते हैं तो आपके अंदर की संपूर्ण शक्ति उन इंद्रियों में समा जाती है, जिनकी उस लक्ष्य की प्राप्ति में आवश्यकता होती है। मस्तिष्क के संबंधित हिस्से में स्वत: रक्त और नसों का प्रवाह बढ़ जाता है, कोशिकाएँ अधिक सक्रिय हो जाती हैं और उनकी संख्या में वृद्धि

आप सहजता से—बिना अधिक परिश्रम किए—वे सारे काम कर सकते हैं, जो आपके लिए स्वाभाविक होते हैं; लेकिन यह भी सच है कि यदि आप आवश्यक श्रम करें तो अपने अंदर किसी भी प्रतिभा का विकास कर सकते हैं। आप वह कर सकते हैं, जो आप करना चाहते हैं और वह बन सकते हैं, जो आप बनना चाहते हैं।

भी हो जाती है। मनुष्य के मानस का उचित उपयोग ऐसे मस्तिष्क का निर्माण करेगा, जो उसी की इच्छानुसार कार्य करे।

मस्तिष्क मानव को नहीं बनाता, मानव मस्तिष्क को बनाता है। जीवन में आपका स्थान आनुवंशिकता द्वारा निर्धारित नहीं होता।

ऐसा भी नहीं है कि आपकी परिस्थितियाँ या अवसर की कमी आपके जीवन को निचले स्तर पर ले जाती हैं। मनुष्य के अंदर मौजूद शक्ति का सिद्धांत उसकी आत्मा की समस्त आवश्यकताओं की पूर्ति करने में समर्थ है। यदि वह अपना व्यक्तिगत दृष्टिकोण सही रखता है और प्रगति करने का संकल्प लेता है तो परिस्थितियाँ कितनी भी विपरीत हों, उसे आगे बढ़ने से रोक नहीं सकतीं। वह शक्ति, जिसने मनुष्य को बनाया और विकास करने का उद्देश्य दिया, वही शक्ति समाज, उद्योग एवं शासन की परिस्थितियों को नियंत्रित करती है और यह शक्ति कभी स्वयं के विरुद्ध विभाजित नहीं होती। जो शक्ति आप में है, वह आपके आसपास की वस्तुओं में भी है और जब आप प्रगति के पथ पर बढ़ना आरंभ करेंगे तो ये चीजें खुद को आपके हित के लिए क्रमबद्ध कर लेंगी, जैसा कि इस पुस्तक में आगे बताया गया है। मनुष्य का जन्म विकास करने के लिए ही हुआ था और अन्य सभी बाह्य वस्तुएँ उस विकास को बढ़ावा देने के उद्देश्य से बनाई गई थीं। जैसे ही मनुष्य अपनी आत्मा को जाग्रत् करके प्रगति के पथ पर अग्रसर होता है, उसे समझ में आ जाता है कि न सिर्फ ईश्वर, बल्कि प्रकृति, समाज और उसके साथ के लोग

मनुष्य के अंदर मौजूद शक्ति का सिद्धांत उसकी आत्मा की समस्त आवश्यकताओं की पूर्ति करने में समर्थ है। यदि वह अपना व्यक्तिगत दृष्टिकोण सही रखता है और प्रगति करने का संकल्प लेता है तो परिस्थितियाँ कितनी भी विपरीत हों, उसे आगे बढ़ने से रोक नहीं सकतीं।

भी उसका साथ देने लगे हैं और यदि वह विधि के नियमों का पालन करता है तो ये सभी चीजें उसके हित में काम करती हैं।

गरीबी महानता के रास्ते में रुकावट नहीं है, क्योंकि गरीबी हमेशा खत्म की जा सकती है। मार्टिन लूथर जब एक बालक थे तो रोटी के लिए सड़कों पर गाने गाते थे। प्रकृतिवादी लिनेयस के पास खुद को शिक्षित करने के लिए सिर्फ चालीस डॉलर थे। वे अपने जूतों की मरम्मत खुद करते थे और अकसर उन्हें अपने दोस्तों से खाना माँगकर पेट भरना पड़ता था। ह्यूज मिलर, जो एक संगतराश के पास काम सीखते थे, ने एक खदान में भू-विज्ञान पढ़ना शुरू किया। जॉर्ज स्टीफेंसन, जिन्होंने लोकोमोटिव इंजन का आविष्कार किया और जो एक महान् सिविल इंजीनियर थे, कोयले की खान में काम करते थे, जब उनकी इंद्रियाँ जाग्रत् हुईं और उन्होंने सोचना आरंभ किया। जेम्स वॉट एक रोगी बालक थे और उनका स्वास्थ्य ऐसा नहीं था कि उन्हें स्कूल भेजा जा सके। अब्राहम लिंकन निर्धन बालक थे। इनमें से प्रत्येक मामले में हम शक्ति के सिद्धांत को देख सकते हैं, जिसने हर प्रकार के विरोध और विपत्ति से संघर्ष करके उन्हें ऊपर उठने में सहायता की।

आपके अंदर भी एक शक्ति का सिद्धांत है। यदि आप उसका सही तरीके से उपयोग करेंगे तो आप आनुवंशिकता पर जीत हासिल कर सकते हैं और हर प्रकार की परिस्थिति में खुद को श्रेष्ठ साबित करके एक असाधारण और शक्तिशाली व्यक्तित्व बन सकते हैं।

□

3

शक्ति का स्रोत

मनुष्य का मस्तिष्क, शरीर, मन, इंद्रियाँ और प्रतिभाएँ सिर्फ वे साधन हैं, जिनका वह अपनी महानता का प्रदर्शन करने के लिए उपयोग करता है। ये साधन अपने आप उसे महान् नहीं बनाते। एक व्यक्ति के पास विशाल मस्तिष्क और स्वच्छ मन हो सकता है, शक्तिशाली इंद्रियाँ हो सकती हैं, असाधारण प्रतिभाएँ हो सकती हैं, फिर भी वह तब तक एक महान् व्यक्ति नहीं बन सकता, जब तक वह उन सबका सही तरीके से उपयोग न करे। वह गुण, जो मनुष्य को इन सब साधनों का उचित प्रयोग करने में मदद करता है, वही गुण उसे महान् बनाता है और उस गुण को हम 'बुद्धि' के नाम से जानते हैं। बुद्धि महानता का आवश्यक आधार है।

बुद्धिमत्ता वह शक्ति है, जिसकी सहायता से मनुष्य श्रेष्ठ लक्ष्य निर्धारित कर सकता है और उस लक्ष्य तक पहुँचने के सही तरीकों का चुनाव भी कर सकता है। यह वह शक्ति है, जो आपको सही राह दिखाती है। वह मनुष्य, जिसके पास इतनी बुद्धि है कि वह जान सके कि उसके लिए सही क्या है, जो इतना अच्छा है कि सही काम ही करना चाहता है और इतना योग्य व दृढ़ निश्चयी है कि सही काम ही करता है, वही सच में एक महान् व्यक्ति है। ऐसा व्यक्ति तत्काल ही एक शक्तिशाली

व्यक्तित्व के रूप में समाज में पहचाना जाने लगेगा और लोग उसका सम्मान करने में प्रसन्नता महसूस करेंगे।

बुद्धि ज्ञान पर निर्भर रहती है। जहाँ संपूर्ण अज्ञानता होगी, वहाँ न बुद्धिमत्ता होगी, न सही राह का चुनाव करने का ज्ञान। मनुष्य में ज्ञान अपेक्षाकृत सीमित मात्रा में होता है, इसलिए उसमें बुद्धि भी सीमित ही होती है, जब तक कि वह अपने दिमाग को अपने से अधिक ज्ञानवाले दिमाग से जोड़कर, उससे प्रेरणा लेकर वह ज्ञान प्राप्त न कर ले, जिसे वह अपनी कमजोरियों के कारण प्राप्त नहीं कर पाया था। वह ऐसा कर सकता है। यही तो महान् पुरुषों और स्त्रियों ने किया है। मनुष्य का ज्ञान सीमित और अनिश्चित होता है; इसलिए उसके पास बुद्धि भी अपने आप नहीं आ सकती।

मनुष्य में ज्ञान अपेक्षाकृत सीमित मात्रा में होता है, इसलिए उसमें बुद्धि भी सीमित ही होती है, जब तक कि वह अपने दिमाग को अपने से अधिक ज्ञानवाले दिमाग से जोड़कर, उससे प्रेरणा लेकर वह ज्ञान प्राप्त न कर ले, जिसे वह अपनी कमजोरियों के कारण प्राप्त नहीं कर पाया था।

सिर्फ ईश्वर ही संपूर्ण सत्य जानता है; इसलिए सिर्फ ईश्वर के पास वह संपूर्ण ज्ञान है, जो हर परिस्थिति में सही राह दिखा सकता है। मनुष्य ईश्वर से वह ज्ञान प्राप्त कर सकता है। मैं एक उदाहरण देता हूँ। अब्राहम लिंकन ज्यादा शिक्षित नहीं थे; लेकिन उनके पास सच को परखने की शक्ति थी। लिंकन के उदाहरण में यह तथ्य मुख्य रूप से स्पष्ट होता है कि असल बुद्धिमत्ता हर समय और हर परिस्थिति में सही काम करने में निहित है; सही काम करने की इच्छा में और सही काम कर पाने की प्रतिभा और क्षमता में है। दास प्रथा उन्मूलन आंदोलन के दिनों में और फिर समझौते की अवधि में, जब अधिकतर लोग सही व गलत को लेकर उलझन में थे और क्या

करना चाहिए, इस सोच में डूबे रहते थे, लिंकन के मन में कोई उलझन या दुविधा नहीं थी। वे गुलामी के समर्थकों के सतही तर्कों के परे देखते थे। वे विरोधियों की अव्यावहारिकता और कट्टरता को भी समझ लेते थे। उन्होंने अपने लिए सही लक्ष्य निर्धारित किए थे और उन लक्ष्यों तक पहुँचने के उचित व सही रास्ते भी उन्हें मालूम थे। उनके देशवासी भी यह समझ गए थे कि उन्हें सत्य की पहचान है और वे जानते हैं कि उन्हें क्या करना चाहिए, इसलिए सबने उन्हें राष्ट्रपति बना दिया। ऐसा व्यक्ति, जो सत्य को परखने की शक्ति रखता है और जो यह दिखा सकता है कि वह जानता है कि सही कर्म क्या है और उस पर भरोसा किया जा सकता है कि वह हमेशा सही कर्म करेगा, उसका सम्मान अवश्य होगा और वह निश्चित रूप से प्रगति करेगा। पूरी दुनिया ऐसे व्यक्तियों का व्यग्रता से इंतजार करती है।

> ***ऐसा व्यक्ति, जो सत्य को परखने की शक्ति रखता है और जो यह दिखा सकता है कि वह जानता है कि सही कर्म क्या है और उस पर भरोसा किया जा सकता है कि वह हमेशा सही कर्म करेगा, उसका सम्मान अवश्य होगा और वह निश्चित रूप से प्रगति करेगा। पूरी दुनिया ऐसे व्यक्तियों का व्यग्रता से इंतजार करती है।***

जब अब्राहम लिंकन राष्ट्रपति बने तो उनके आसपास बड़ी संख्या में तथाकथित योग्य सलाहकार थे, जिनमें से शायद ही कोई दो होंगे, जो किसी बात पर उनसे सहमत होते थे। कभी-कभी तो वे सभी उनकी नीतियों के विरुद्ध होते थे; कभी-कभी पूरा उत्तरी अमेरिका उनके प्रस्तावों के विरुद्ध हो जाता था, लेकिन जहाँ अन्य लोग दिखावों से गुमराह होते थे, लिंकन सत्य को देख लेते थे। उनका निर्णय शायद ही कभी गलत होता था; बल्कि गलत होता ही नहीं था। वे अपने समय के सबसे योग्य व निपुण राजनेता और श्रेष्ठ सैनिक थे। उनके जैसे साधारण शिक्षा प्राप्त व्यक्ति

को इतनी बुद्धिमत्ता कहाँ से मिली? ऐसा उनके सिर के किसी विशेष आकार या मस्तिष्क की महीन बनावट के कारण नहीं था। ऐसा किसी शारीरिक लक्षण या विशेषता के कारण नहीं था। ऐसा उनके दिमाग की किसी विशेषता या बेहतर तर्क शक्ति के कारण भी नहीं था।

तर्क की प्रक्रियाएँ अकसर सत्य के ज्ञान तक नहीं पहुँच पातीं। ऐसा उनकी आध्यात्मिक अंतर्दृष्टि के कारण था। वे सत्य को समझ लेते थे; लेकिन कैसे समझ लेते थे और उनको यह दृष्टि कहाँ से मिली? हम जॉर्ज वॉशिंगटन में भी कुछ ऐसे ही गुण देख सकते हैं, जिनके विश्वास और साहस ने, सत्य को समझ पाने के कारण, क्रांति के लंबे और प्रत्यक्षतः निराशाजनक संघर्ष के दौरान कॉलोनियों को एक साथ जोड़े रखा। हम इसी प्रकार के गुण असाधारण रूप से महान् नेपोलियन बोनापार्ट में भी देखते हैं, जो हमेशा से सैन्य संबंधी मामलों में ग्रहण करने के सर्वश्रेष्ठ तरीके जानते थे। हम देख सकते हैं कि नेपोलियन की महानता उनमें नहीं, बल्कि उनके स्वभाव में थी। इसी प्रकार वॉशिंगटन और लिंकन में भी खुद उनसे बढ़कर कुछ था। हम यही चीज सभी महान् व्यक्तियों में देख सकते हैं। उनमें सच्चाई को समझने की शक्ति होती है; लेकिन सत्य को तब तक नहीं देखा जा सकता, जब तक कि उसका अस्तित्व न हो और जब तक सत्य को देख पाने के लिए वैसा दिमाग नहीं होगा, सत्य का अस्तित्व भी नहीं होगा। सत्य का अस्तित्व दिमाग से अलग नहीं होता। वॉशिंगटन और लिंकन ऐसे दिमाग के संपर्क में थे, जिसमें संपूर्ण ज्ञान और सत्य था। यह तथ्य उन सभी मनुष्यों पर लागू होता है, जो अपनी बुद्धिमत्ता प्रकट करते हैं। बुद्धि ईश्वर के मन को पढ़ने से प्राप्त होती है।

□

4

ईश्वर का मन

सभी चीजों में एक ब्रह्मांडीय बुद्धिमत्ता विद्यमान है। यही असली तत्त्व है। यहीं से सब चीजें आगे बढ़ती हैं। यह बुद्धि तत्त्व या मानस तत्त्व है। यह ईश्वर है। जहाँ तत्त्व नहीं है, वहाँ बुद्धि नहीं हो सकती; क्योंकि जहाँ तत्त्व नहीं होता, वहाँ कुछ नहीं होता। जहाँ विचार है, वहाँ सोचने के लिए एक तत्त्व भी होना चाहिए। विचार कोई कृत्य नहीं हो सकता; क्योंकि कृत्य में गति होती है और इस बात की कल्पना भी नहीं की जा सकती कि गति सोच सकती है। विचार स्पंदन नहीं हो सकते, क्योंकि स्पंदन में भी गति होती है और गति बुद्धिमान हो सकती है, यह सोचा भी नहीं जा सकता। गति और कुछ नहीं, बल्कि तत्त्व का चलना है। यदि कहीं बुद्धि दिखती है तो वह तत्त्व में होती है, न कि गति में। विचार मस्तिष्क में चल रही हलचल का परिणाम नहीं हो सकते। यदि मस्तिष्क में कोई विचार है तो वह मस्तिष्क के तत्त्व में होगा; उस गतिविधि में नहीं, जो मस्तिष्क के तत्त्व करते हैं।

लेकिन विचार मस्तिष्क के तत्त्व में नहीं होते, क्योंकि बिना जीवन के मस्तिष्क के तत्त्व लगभग बुद्धिहीन और निर्जीव-से होते हैं। विचार उस जीवन-सिद्धांत में होते हैं, जो मस्तिष्क को आत्मा के तत्त्व में जीवित रखता है, जो असली मनुष्य होता है। मस्तिष्क नहीं सोचता है, मनुष्य

सोचता है और अपने विचार मस्तिष्क के माध्यम से प्रकट करता है।

आत्मा का भी एक तत्त्व होता है, जो सोचता है। जिस प्रकार मनुष्य की आत्मा का तत्त्व उसके शरीर में फैल जाता है और शरीर के अंदर ही सोचता है तथा समझता है, उसी प्रकार मूल आत्मा का तत्त्व ईश्वर एवं संपूर्ण प्रकृति में फैल जाता है और प्रकृति में ही सोचता व समझता है। प्रकृति मनुष्य के जितनी ही बुद्धिमान है और मनुष्य से अधिक जानती है; प्रकृति सबकुछ जानती है। यह सर्वव्यापी मन आरंभ से ही प्रत्येक वस्तु के संपर्क में रहा है और इसके पास संपूर्ण ज्ञान है। मनुष्य का अनुभव कुछ ही घटनाओं तक सीमित रहता है और वह उनके बारे में ही जानता है; लेकिन ईश्वर का अनुभव उन सभी घटनाओं को अपने में समाहित करता है, जो सृष्टि के आरंभ से अब तक घटी हैं, चाहे वह किसी ग्रह का नष्ट होना हो, किसी धूमकेतु का पृथ्वी से गुजरना हो या किसी गौरैया का नीचे गिरना हो। जो कुछ भी है और जो कुछ भी था, वह सबकुछ बुद्धि में समाहित है, जो हमारे चारों ओर लिपटी हुई है, जिसने हमें जकड़ा हुआ है और जो चारों ओर से हमारे ऊपर दबाव डालती है।

मनुष्य का अनुभव कुछ ही घटनाओं तक सीमित रहता है और वह उनके बारे में ही जानता है; लेकिन ईश्वर का अनुभव उन सभी घटनाओं को अपने में समाहित करता है, जो सृष्टि के आरंभ से अब तक घटी हैं, चाहे वह किसी ग्रह का नष्ट होना हो, किसी धूमकेतु का पृथ्वी से गुजरना हो या किसी गौरैया का नीचे गिरना हो।

जितने भी विश्वकोश मनुष्यों द्वारा लिखे गए हैं, वे सभी उस बुद्धि में समाहित ज्ञान के वृहद् भंडार के सामने तुच्छ हैं, जिसमें मनुष्य रहता है, चलता है और जीवन व्यतीत करता है।

जो सत्य मनुष्य अपनी अंत:प्रेरणा से देखता है, वह इसी बुद्धि में

उत्पन्न विचार होते हैं। यदि वे विचार न होते तो मनुष्य उन्हें समझ नहीं पाता; क्योंकि उनका कोई अस्तित्व ही नहीं होता और उनका विचारों के रूप में अस्तित्व नहीं हो सकता था, यदि उनके रहने के लिए एक बुद्धि न होती और बुद्धि एक ऐसे तत्त्व के अलावा कुछ नहीं है, जो सोच सकता है।

मनुष्य एक सोचनेवाला तत्त्व है, ब्रह्मांडीय तत्त्व का एक हिस्सा; लेकिन मनुष्य की सोच सीमित होती है, जबकि ब्रह्मांडीय तत्त्व, जिसमें से वह उत्पन्न हुआ है, जिसे परमपिता कहते हैं, असीमित है। संपूर्ण बुद्धि, शक्ति और ओज उस परमपिता से ही आता है। जीसस ने इस सत्य को पहचान लिया था और सीधे शब्दों में समझाया था। उन्होंने बारंबार अपने पूरे ज्ञान और शक्ति का श्रेय परमपिता से अपने सामंजस्य को और ईश्वर के विचारों को समझ पाने की अपनी शक्ति को दिया था, मेरे पिता और मैं एक ही हैं।

मनुष्य एक सोचनेवाला तत्त्व है, ब्रह्मांडीय तत्त्व का एक हिस्सा; लेकिन मनुष्य की सोच सीमित होती है, जबकि ब्रह्मांडीय तत्त्व, जिसमें से वह उत्पन्न हुआ है, जिसे परमपिता कहते हैं, असीमित है। संपूर्ण बुद्धि, शक्ति और ओज उस परमपिता से ही आता है।

यही उनके ज्ञान और शक्ति का आधार था। उन्होंने लोगों को आध्यात्मिक रूप से जाग्रत् होने की आवश्यकता से अवगत कराया, ईश्वर की आवाज सुनकर उसके जैसा बनने के लिए कहा। उन्होंने विचारहीन व्यक्ति, जो परिस्थितियों के हाथों का खिलौना होता है, की तुलना ताबूत में बंद मृत व्यक्ति से की और उसे भी परमपिता की आवाज सुनकर आगे आने को प्रेरित किया।

ईश्वर आत्मा है। वे कहते थे—तुम फिर से जन्म लो, अपनी आत्मा को जगाओ तो तुम उसकी सृष्टि देख सकोगे। मेरी आवाज सुनो; देखो

कि मैं कौन हूँ और क्या करता हूँ और आगे बढ़कर अपना जीवन जिओ। मेरे कहे शब्दों में आत्मा है, जीवन है; उन्हें स्वीकार करो और वे तुम्हारे अंदर एक जल का स्रोत उत्पन्न करेंगे। तब तुम्हारे अपने अंदर भी जीवन होगा।

मैं वही करता हूँ, जो मैं पिता को करते देखता हूँ। वे कहते थे, जिसका तात्पर्य था कि वे ईश्वर के विचारों को समझ लेते थे। पिता अपने पुत्र को सबकुछ दिखा देता है। यदि किसी व्यक्ति में ईश्वर की इच्छानुसार कार्य करने की चाह होगी तो वह सत्य को पहचान लेगा। मेरे उपदेश मेरे खुद के नहीं हैं, बल्कि वे हैं, जो उसने मेरे पास भेजे हैं। तुम सत्य को जान लोगे तो सत्य तुम्हें आजाद कर देगा। आत्मा तुम्हें सत्य तक पहुँचने का रास्ता दिखाएगी।

> ***यदि किसी व्यक्ति में ईश्वर की इच्छानुसार कार्य करने की चाह होगी तो वह सत्य को पहचान लेगा। मेरे उपदेश मेरे खुद के नहीं हैं, बल्कि वे हैं, जो उसने मेरे पास भेजे हैं। तुम सत्य को जान लोगे तो सत्य तुम्हें आजाद कर देगा। आत्मा तुम्हें सत्य तक पहुँचने का रास्ता दिखाएगी।***

हम बुद्धि में डूबे रहते हैं और उसी बुद्धि में संपूर्ण ज्ञान एवं संपूर्ण सत्य समाहित है। वह हमें यह ज्ञान देना चाहती है, क्योंकि हमारा पिता अपने बच्चों को अच्छे उपहार देने में आनंद का अनुभव करता है। सिद्ध पुरुष, पीर-पैगंबर और अन्य महान् स्त्री-पुरुष—कल के भी और आज के भी—महान् उस ज्ञान से बने, जो उन्हें ईश्वर से मिला; उससे नहीं, जो उन्हें किसी मनुष्य ने दिया। ज्ञान और शक्ति का यह असीमित जलाशय आपके लिए खुला है। आप उसमें से उतना जल निकाल सकते हैं, जितने की आपको आवश्यकता है। आप अपने को वह बना सकते हैं, जो आप बनना चाहते हैं। आप वह सब कर सकते हैं, जो आप करना चाहते हैं; आप वह सब पा सकते हैं, जो आप पाना चाहते हैं। यह सब

सिद्ध करने के लिए आपको परमपिता के साथ एक होना पड़ेगा, ताकि आप सत्य को जान सकें, ताकि आप ज्ञान प्राप्त कर सकें और अपने लिए सही लक्ष्य का चुनाव करके उस लक्ष्य तक पहुँचने के सही रास्ते को जान सकें, ताकि आप उस रास्ते पर चलने के लिए शक्ति और योग्यता अर्जित कर सकें। इस अध्याय के पूरा होने पर आप संकल्प करिए कि आप सबकुछ छोड़कर पूरी एकाग्रता से ईश्वर के साथ सचेत एकात्मकता प्राप्त करने का प्रयास करेंगे।

ओह ! जब मैं अपने वन के घर में सुरक्षित रहता हूँ तो मैं ग्रीस और रोम के अभिमान पर पैर धरता हूँ और जब मैं देवदार के नीचे लेटा रहता हूँ, जहाँ शामें इतनी पवित्र व चमकदार होती हैं, मैं मनुष्य के अभिमान और बुद्धि पर हँसता हूँ, हेतुवादी स्कूलों और शिक्षित कबीलों पर हँसता हूँ; क्योंकि उनका ऊँचा दंभ उन्हें क्या दे सकता है, जब झाड़ियों में लेटे मनुष्य को भी ईश्वर मिल सकता है !

□

5

तैयारी

तुम ईश्वर के समीप जाओ और वह तुम्हारे समीप आ जाएगा।

यदि आप ईश्वर की तरह बन जाते हैं तो आप उसके विचार पढ़ सकते हैं और यदि आप ऐसा नहीं कर सकते तो आपके लिए सत्य को प्रेरणादायक समझना असंभव हो जाएगा।

आप तब तक एक महान् स्त्री या पुरुष नहीं बन सकते, जब तक आप व्यग्रता, चिंता और भय पर विजय प्राप्त नहीं कर लेते। एक व्यग्र, चिंतातुर या भयभीत व्यक्ति के लिए सत्य को देख पाना असंभव है। ऐसी किसी भी मानसिक अवस्था में हर चीज विकृत हो जाती है और अपने उचित स्थान से बाहर निकाल दी जाती है। जो लोग ऐसी मानसिक अवस्था में होते हैं, वे ईश्वर के विचारों को नहीं पढ़ पाते।

यदि आप निर्धन हैं या अपने व्यापार अथवा वित्तीय मामलों को लेकर चिंतित हैं तो हम आपको इस शृंखला का प्रथम खंड 'धनी बनने का विज्ञान' (द साइंस ऑफ गेटिंग रिच) पढ़ने की सलाह देते हैं। उसमें आपको इस प्रकार की समस्याओं का समाधान मिल जाएगा, चाहे आपकी समस्या कितनी भी बड़ी या जटिल क्यों न हो! धन से संबंधित मामलों पर चिंता करने की कोई आवश्यकता नहीं है। प्रत्येक व्यक्ति, जिसके अंदर ऐसा करने की इच्छा है, वह अपनी आकांक्षाओं

को छू सकता है, हर वह चीज पा सकता है, जो वह पाना चाहता है और धनवान् बन सकता है। वही स्रोत, जिससे आप मानसिक जागृति और आध्यात्मिक शक्ति प्राप्त करना चाहते हैं, भौतिक इच्छाओं की पूर्ति के लिए भी प्रस्तुत रहता है। इस सत्य का अध्ययन तब तक करिए, जब तक यह आपके विचारों में स्थिर न हो जाए और जब तक चिंता व व्यग्रता आपके मन से पूरी तरह निकल न जाएँ, उस निश्चित राह में प्रवेश करें, जो आपको भौतिक सुख-सुविधा की ओर ले जाएगी।

बुद्धि का वह स्रोत, जो आपको धन-दौलत, मानसिक व आध्यात्मिक शक्ति देने के लिए तैयार रहता है, वह आपको उत्तम स्वास्थ्य देने में भी आनंद का अनुभव करेगा। यदि आप जीवन के कुछ आसान से नियमों का पालन करते हैं और सही तरीके से जीते हैं तो उत्तम स्वास्थ्य पाना आपके लिए सहज सी बात है।

इसी प्रकार, यदि आप अपने स्वास्थ्य को लेकर चिंतित हैं तो सोचिए कि आपके लिए पूर्ण रूप से स्वस्थ होना संभव है, ताकि आपके अंदर वह सबकुछ और उससे भी अधिक करने के लिए पर्याप्त शक्ति हो, जो करने की आपकी इच्छा है। बुद्धि का वह स्रोत, जो आपको धन-दौलत, मानसिक व आध्यात्मिक शक्ति देने के लिए तैयार रहता है, वह आपको उत्तम स्वास्थ्य देने में भी आनंद का अनुभव करेगा। यदि आप जीवन के कुछ आसान से नियमों का पालन करते हैं और सही तरीके से जीते हैं तो उत्तम स्वास्थ्य पाना आपके लिए सहज सी बात है। रोगों पर विजय प्राप्त कीजिए और भय को मन से दूर करिए; लेकिन सिर्फ वित्तीय और शारीरिक चिंताओं पर काबू पा लेना पर्याप्त नहीं है। आपको नैतिक बुराइयों से भी ऊपर उठना पड़ेगे। अब अपनी अंतरात्मा को उन उद्‌देश्यों के प्रति सजग करिए, जो आपको सक्रिय करते हैं और अपने को आश्वस्त करिए कि वे सही हैं। आपको

काम–वासना को अपने से दूर करना चाहिए और भूख को अपने ऊपर हावी नहीं होने देना चाहिए, बल्कि भूख को अपने नियंत्रण में रखना चाहिए। आपको सिर्फ भूख मिटाने के लिए भोजन करना चाहिए, जिह्वा और पेट को आनंद प्रदान करने के लिए नहीं; और इन सब बातों में आपको अपने शरीर को आत्मा की आज्ञा का पालन करने के लिए तैयार करना चाहिए।

आपको लोभ से बचना चाहिए; धनवान् और शक्तिशाली बनने की अपनी इच्छा के पीछे कोई गलत उद्देश्य नहीं रखना चाहिए। धनी होने की चाहत होना उचित और न्यायसंगत है। यदि आप धन को अपनी आत्मिक खुशी के लिए चाहते हैं, लेकिन यदि आप उसे शरीर की कामनाएँ पूरी करने के लिए चाहते हैं तो वह गलत है।

आपको लोभ से बचना चाहिए; धनवान् और शक्तिशाली बनने की अपनी इच्छा के पीछे कोई गलत उद्देश्य नहीं रखना चाहिए। धनी होने की चाहत होना उचित और न्यायसंगत है। यदि आप धन को अपनी आत्मिक खुशी के लिए चाहते हैं, लेकिन यदि आप उसे शरीर की कामनाएँ पूरी करने के लिए चाहते हैं तो वह गलत है।

अभिमान और गुरूर को अपने अंदर से बाहर निकालिए। दूसरों पर हावी होने का प्रयास मत करिए, न ही दूसरों से आगे निकलने का विचार मन में आने दीजिए। दूसरों पर शासन करने की स्वार्थपूर्ण इच्छा से अधिक घातक कोई इच्छा नहीं है।

एक साधारण स्त्री या पुरुष के लिए किसी दावत में सबसे आगे बैठने से, बाजार में किसी का आदर के साथ अभिवादन करने से और 'साहब', 'सरकार' आदि के संबोधनों से बुलाए जाने से बड़ी बात कोई नहीं होती।

दूसरों के ऊपर किसी–न–किसी प्रकार से हावी होना प्रत्येक

स्वार्थी मनुष्य का गुप्त उद्देश्य होता है। दूसरों के सामने खुद को अधिक शक्तिशाली साबित करने का संघर्ष इस प्रतिस्पर्धात्मक जगत् का मुख्य संग्राम है; लेकिन आपको उस जगत् से और उसके उद्देश्यों व महत्त्वाकांक्षाओं से ऊपर उठना है और सिर्फ एक सार्थक जीवन की चाहत रखनी है। ईर्ष्या को अपने मन से बाहर निकाल दीजिए; आप वह सबकुछ पा सकते हैं, जो आप पाना चाहते हैं। इसलिए आपको किसी व्यक्ति के पास कुछ देखकर ईर्ष्या नहीं करनी चाहिए। सबसे महत्त्वपूर्ण बात, आपको ध्यान रखना होगा कि आपके मन में किसी के भी प्रति द्वेष या शत्रुता की भावना न हो। ऐसी भावना आपको उस बुद्धि से दूर कर देती है, जिससे आप इतना कुछ ग्रहण करना चाहते हैं।

ईर्ष्या को अपने मन से बाहर निकाल दीजिए; आप वह सबकुछ पा सकते हैं, जो आप पाना चाहते हैं। इसलिए आपको किसी व्यक्ति के पास कुछ देखकर ईर्ष्या नहीं करनी चाहिए। सबसे महत्त्वपूर्ण बात, आपको ध्यान रखना होगा कि आपके मन में किसी के भी प्रति द्वेष या शत्रुता की भावना न हो। ऐसी भावना आपको उस बुद्धि से दूर कर देती है, जिससे आप इतना कुछ ग्रहण करना चाहते हैं।

वह, जो अपने भाई-बंधुओं से प्रेम नहीं करता, ईश्वर से भी प्रेम नहीं करता। अपनी सभी संकीर्ण व व्यक्तिगत महत्त्वाकांक्षाओं को किनारे करके उत्तम गुणों को अपनाने का संकल्प करिए और अनचाहे व निरर्थक स्वार्थ के प्रभाव में आने से बचिए।

आगे होनेवाली घटनाओं पर चिंतन करिए और इन नैतिक प्रलोभनों को एक-एक करके अपने हृदय से बाहर निकाल दीजिए; फिर उनको बाहर ही रहने देने का संकल्प करिए। उसके बाद प्रण लीजिए कि आप न सिर्फ बुरे विचारों को त्याग देंगे, बल्कि उन सभी क्रियाओं, प्रवृत्तियों एवं कार्य करने के गलत

तरीकों को भी त्याग देंगे, जो आपके नेक आदर्शों से मेल नहीं खाते। यह अत्यधिक महत्त्वपूर्ण है। अपनी आत्मा की संपूर्ण शक्ति के साथ यह प्रण लीजिए और आप महानता की ओर अपना अगला कदम बढ़ाने के लिए तैयार हैं, जो अगले अध्याय में समझाया गया है।

□

6

सामाजिक दृष्टिकोण

विश्वास के बिना ईश्वर को प्रसन्न कर पाना असंभव है और विश्वास के बिना आपके लिए महान् बन पाना भी असंभव है। वास्तव में, महान् स्त्रियों और पुरुषों के स्वभाव की विशेषता ही उनकी अटल श्रद्धा और विश्वास है। युद्ध के कठिन दिनों में यह विशेषता हमने अब्राहम लिंकन में देखी थी, वैली फोर्ज में जॉर्ज वॉशिंगटन में देखी थी; हमने यह अपंग मिशनरी लिविंगस्टोन में भी देखी थी, जो अपने मन में दृढ़ संकल्प की ज्वाला लेकर अंधकारमय महाद्वीप में घूमते रहे—उस शापित गुलाम प्रथा के प्रति विद्रोह प्रकट करने के लिए, जिससे उनकी आत्मा घृणा करती थी। हम ये विशेष लक्षण मार्टिन लूथर में देख सकते हैं और फ्रांसिस विलियर्ड में भी तथा हर उस स्त्री व पुरुष में, जिसने विश्व के महानतम लोगों की नामावली में अपनी जगह बनाई है। विश्वास अपने आप में या अपनी शक्ति में नहीं, बल्कि सिद्धांतों में; विश्वास उस असाधारण शक्ति पर, जो सही मार्ग का समर्थन करती है और जिस पर हम भरोसा कर सकते हैं कि उचित समय आने पर वह हमें विजय दिलाएगी। इस विश्वास के बिना किसी के लिए सच्ची महानता प्राप्त करना संभव नहीं है। जिस मनुष्य को सिद्धांतों पर विश्वास नहीं है, वह हमेशा एक साधारण मनुष्य ही रहेगा। अब आपके अंदर यह विश्वास

है या नहीं, यह आपके दृष्टिकोण पर निर्भर करता है। आपको दुनिया को विकास की दृष्टि से देखना पड़ेगा—एक ऐसी वस्तु के रूप में, जो विकसित होती जा रही है और बनती जा रही है, लेकिन पूर्णता से नहीं। लाखों वर्ष पहले ईश्वर ने जीवन के बहुत तुच्छ और अपरिष्कृत रूपों के साथ काम किया था; तुच्छ और अपरिष्कृत, किंतु हर जीव अपने आप में श्रेष्ठ। समय के साथ बेहतर और पहले से अधिक जटिल जीव आने लगे। पृथ्वी एक के बाद एक विभिन्न अवस्थाओं में सामने आती रही। हर अवस्था अपने में श्रेष्ठ और उसके आगे आनेवाली अवस्था उससे भी बेहतर। जो बात मैं आपको समझाना चाहता हूँ, वह यह है कि तुच्छ जीव भी अपने आप में उतने ही श्रेष्ठ हैं, जितने उच्च जीव; आदिकाल में भी दुनिया उस युग के हिसाब से श्रेष्ठ थी; वह श्रेष्ठ अवश्य थी, लेकिन ईश्वर का काम समाप्त नहीं हुआ था। यह बात आज के लिए भी सत्य है। शारीरिक, सामाजिक और व्यापारिक रूप से सबकुछ ठीक है और सबकुछ उत्तम है। कहीं भी या किसी भी हिस्से में वह संपूर्ण तो नहीं है; लेकिन जहाँ तक ईश्वर का हाथ है, सबकुछ पूर्ण रूप से ठीक है।

पृथ्वी एक के बाद एक विभिन्न अवस्थाओं में सामने आती रही। हर अवस्था अपने में श्रेष्ठ और उसके आगे आनेवाली अवस्था उससे भी बेहतर। जो बात मैं आपको समझाना चाहता हूँ, वह यह है कि तुच्छ जीव भी अपने आप में उतने ही श्रेष्ठ हैं, जितने उच्च जीव; आदिकाल में भी दुनिया उस युग के हिसाब से श्रेष्ठ थी; वह श्रेष्ठ अवश्य थी, लेकिन ईश्वर का काम समाप्त नहीं हुआ था।

यही आपका दृष्टिकोण होना चाहिए कि यह संसार और जो कुछ भी संसार में है, वह चाहे पूरा नहीं हुआ है, लेकिन फिर भी परिपूर्ण है।

संसार में सबकुछ ठीक है, यह एक महान् तथ्य है। किसी भी

चीज में कोई खराबी नहीं है; किसी भी इनसान में कोई बुराई नहीं है।

जीवन के हर तथ्य के बारे में आपको इसी दृष्टिकोण के साथ चिंतन करना चाहिए। प्रकृति में कोई बुराई नहीं है। प्रकृति एक महान् उन्नतिशील उपस्थिति है, जो सबकी खुशी के लिए परोपकारिता से कार्य करती है। प्रकृति में सबकुछ अच्छा है। उसमें कोई बुराई नहीं है। उसको भी पूर्णता प्राप्त नहीं हुई है, क्योंकि सृजन अभी पूरा नहीं हुआ है; लेकिन फिर भी वह मनुष्य को उदारतापूर्वक पहले से भी ज्यादा देती जा रही है। प्रकृति ईश्वर की आंशिक अभिव्यक्ति है और ईश्वर प्रेम है। वह श्रेष्ठ है, लेकिन पूर्ण नहीं।

जीवन के हर तथ्य के बारे में आपको इसी दृष्टिकोण के साथ चिंतन करना चाहिए। प्रकृति में कोई बुराई नहीं है। प्रकृति एक महान् उन्नतिशील उपस्थिति है, जो सबकी खुशी के लिए परोपकारिता से कार्य करती है।

ऐसा ही मानव समाज और सत्ता के साथ होता है। एक ओर यहाँ विश्वास है, पूँजी है और दूसरी ओर हड़ताल और तालाबंदी भी। ये सब प्रगति की ओर अग्रसर समाज के अंग हैं; ये समाज को पूर्णता देनेवाली विकासवादी प्रक्रिया के साथ प्रासंगिक हैं। जब यह प्रक्रिया पूरी हो जाएगी तो समाज में समरसता आ जाएगी; लेकिन पूर्णता के लिए ये सब चीजें आवश्यक हैं। आगे आनेवाली सामाजिक व्यवस्था के लिए जितने आवश्यक जे.पी. मॉर्गन हैं, उतने ही आवश्यक आनेवाले समय के लिए रेंगनेवाले जंतुओं के काल के विचित्र जानवर थे और जिस प्रकार उस समय के लिए वे जीव-जंतु हर तरह से उपयुक्त थे, उसी प्रकार मॉर्गन भी अपने समय के लिए सर्वथा उपयुक्त हैं।

ध्यान से देखिए तो सबकुछ बिल्कुल ठीक है। आप इस दृष्टि से देखिए कि वर्तमान में शासन और उद्योग श्रेष्ठ हैं और पूर्णता प्राप्त करने की ओर तेजी से अग्रसर हैं; तब आपको समझ में आएगा कि डरने की

कोई वजह नहीं है; चिंता करने की, व्यग्र होने की कोई आवश्यकता नहीं है। कभी इनमें से किसी चीज की शिकायत मत करिए। ये सब हर प्रकार से श्रेष्ठ हैं। विकास की जिस अवस्था तक मनुष्य पहुँचा है, उसके लिए यह दुनिया हर प्रकार से उपयुक्त और परिपूर्ण है।

बहुत से लोगों को, शायद अधिकतर लोगों को, यह बात मूर्खतापूर्ण लगेगी। क्या वे कहेंगे, क्या बाल-श्रम और गंदे व अस्वच्छ कारखानों में स्त्रियों और पुरुषों का जो शोषण हो रहा है, वह गलत नहीं है? क्या शराबखाने बुरे नहीं होते? क्या आप यह कहना चाहते हैं कि हम यह सब स्वीकार कर लें और उन्हें अच्छा भी कहें?

बाल-श्रम और अन्य समान चीजें उतनी ही बुरी हैं, जितनी पुराने समय में गुफा मानवों का रहन-सहन और जीने का तरीका था। उनकी आदतें और रहन-सहन के तरीके जंगली थे और मानव-विकास की उस अवस्था के लिए बिल्कुल सही थे। हमारे उद्योग औद्योगिक विकास की जंगली अवस्था में हैं और वह भी श्रेष्ठ हैं।

बाल-श्रम और अन्य समान चीजें उतनी ही बुरी हैं, जितनी पुराने समय में गुफा मानवों का रहन-सहन और जीने का तरीका था। उनकी आदतें और रहन-सहन के तरीके जंगली थे और मानव-विकास की उस अवस्था के लिए बिल्कुल सही थे। हमारे उद्योग औद्योगिक विकास की जंगली अवस्था में हैं और वह भी श्रेष्ठ हैं।

कुछ भी बेहतर संभव नहीं होगा, जब तक हम उद्योग और व्यापार में जंगली मानसिकता से बाहर आकर सभ्य स्त्री-पुरुष नहीं बन जाते। ऐसा तभी हो पाएगा, जब संपूर्ण मानव जाति एक उच्च दृष्टिकोण को अपना लेगी और यह संभव होगा तब, जब कहीं-कहीं पर कुछ विशिष्ट व्यक्ति उस उच्च दृष्टिकोण को अपनाने के लिए तैयार होंगे। आपसी

सामंजस्य की इस कमी का इलाज मालिकों या नियोक्ताओं के पास नहीं है, बल्कि कामगारों और मजदूरों के पास ही है। जब भी वे एक बेहतर दृष्टिकोण अपनाएँगे, जब भी उनके मन में इच्छा जाग्रत् होगी, वे उद्योग जगत् में संपूर्ण भाईचारा और एकता स्थापित कर सकते हैं। उनके पास संख्या भी है और शक्ति भी। उन्हें अभी भी वही मिल रहा है, जो वे चाहते हैं। जब भी वे इससे अधिक चाहेंगे—एक बेहतर, स्वच्छ, सामंजस्यपूर्ण जीवन के रूप में, तब उन्हें वर्तमान से अधिक और बेहतर मिलने लगेगा। यह भी सच है कि वे अभी भी कुछ अधिक चाहते हैं; लेकिन वे वही चीजें अधिक मात्रा में चाहते हैं, जिससे उन्हें पाशविक आनंद प्राप्त होता है। इसलिए उद्योग अभी भी जंगली, असभ्य, आदिम अवस्था में हैं। जब मजदूर जीवन के मानसिक धरातल पर ऊपर उठना शुरू करेंगे और उन चीजों को पाने की इच्छा प्रकट करेंगे, जो उनकी बुद्धि और आत्मा को बेहतर बना सकती हैं, तब उद्योग भी असभ्यता और क्रूरता की अवस्था से ऊपर उठना शुरू कर देगा; लेकिन इस समय वह अपने धरातल पर बिल्कुल ठीक है। ध्यान से देखिए, असल में यह सबकुछ बिल्कुल सही है। यही बात शराबखानों और जुए के अड्डों पर भी लागू होती है। यदि अधिकतर लोग ये चीजें चाहते हैं तो यह सही भी है और आवश्यक भी कि उन्हें ये मिलें। जब बहुमत ऐसी विसंगतियों के बिना एक दुनिया की कामना करेगा तो वह वैसी दुनिया का निर्माण कर लेगा। जब तक स्त्री-पुरुष

जब मजदूर जीवन के मानसिक धरातल पर ऊपर उठना शुरू करेंगे और उन चीजों को पाने की इच्छा प्रकट करेंगे, जो उनकी बुद्धि और आत्मा को बेहतर बना सकती हैं, तब उद्योग भी असभ्यता और क्रूरता की अवस्था से ऊपर उठना शुरू कर देगा; लेकिन इस समय वह अपने धरातल पर बिल्कुल ठीक है।

पाशविक विचारों के धरातल पर रहेंगे, तब तक सामाजिक व्यवस्था कुछ हद तक अस्त-व्यस्त रहेगी और वहशीपन का प्रदर्शन करती रहेगी। समाज का निर्माण उसमें रहनेवाले लोग ही करते हैं और जैसे-जैसे लोग वहशी प्रवृत्ति से ऊपर उठेंगे, वैसे-वैसे समाज भी पाशविकता के प्रदर्शन से ऊपर उठने लगेगा; लेकिन जो समाज अमानुषिक तरीके से सोचता है, उसमें शराबखाने और दौलतमंद लोग होने ही चाहिए; यह वर्तमान समय के अनुकूल व्यवस्था है, जैसे आदिकाल में दुनिया थी—और यह सबकुछ बहुत अच्छा है।

लेकिन ये सारी बातें आपको बेहतर जीवन पाने के लिए कार्य करने से रोकती नहीं हैं। आप एक अधूरे समाज को पूरा करने की दिशा में काम कर सकते हैं, बजाय एक नष्ट होते समाज का नवनिर्माण करने के; और आप एक बेहतर हृदय व मन में ज्यादा उम्मीद के साथ काम कर सकते हैं। आपके विश्वास और मन पर इस बात से बहुत फर्क पड़ेगा कि आप सभ्यता को एक अच्छाई के रूप में देखते हैं, जो विकास करके बेहतर होती जा रही है या एक बुराई के रूप में, जो दिन-प्रतिदिन खस्ताहाल होती जा रही है? एक दृष्टिकोण आपको प्रगतिशील और विस्तृत मानसिकता देता है और दूसरा पिछड़ी हुई संकीर्ण मानसिकता।

आपके विश्वास और मन पर इस बात से बहुत फर्क पड़ेगा कि आप सभ्यता को एक अच्छाई के रूप में देखते हैं, जो विकास करके बेहतर होती जा रही है या एक बुराई के रूप में, जो दिन-प्रतिदिन खस्ताहाल होती जा रही है? एक दृष्टिकोण आपको प्रगतिशील और विस्तृत मानसिकता देता है और दूसरा पिछड़ी हुई संकीर्ण मानसिकता।

एक दृष्टिकोण आपको असाधारण व महान् बनाएगा और दूसरा निश्चित रूप से तुच्छ और साधारण। एक आपको अनंत, चिरस्थायी

चीजों के लिए काम करने में सहायता करेगा; जो कुछ भी अधूरा और बेमेल है, उसे पूरा करने के लिए बड़े-बड़े काम सही तरीके से करने में सहायता करेगा और दूसरा दृष्टिकोण आपको एक उलझा हुआ एवं फूहड़ सुधारक बनाएगा, जो बिना किसी उम्मीद के, अपनी दृष्टि में एक बरबाद हो रही, खस्ताहाल दुनिया में से कुछ खोई हुई आत्माओं को बचाने का प्रयास करेगा। तो आप देखिए कि सामाजिक दृष्टिकोण आपके जीवन को कितना प्रभावित कर सकता है? इस दुनिया में सबकुछ ठीक है। स्वयं मेरे दृष्टिकोण के अलावा यहाँ कुछ भी गलत नहीं हो सकता और उसको मैं ठीक कर लूँगा। मैं प्रकृति के तथ्यों को और सभी घटनाओं, परिस्थितियों एवं सामाजिक, राजनीतिक, सरकारी तथा औद्योगिक स्थितियों को उच्चतम दृष्टिकोण से देखूँगा। यह सबकुछ श्रेष्ठ है, लेकिन अपूर्ण है। यह सब ईश्वर द्वारा निर्मित है; ध्यान से देखिए, यह सब बहुत अच्छा है।

□

7

व्यक्तिगत दृष्टिकोण

यह सच है कि आपके दृष्टिकोण का मामला सामाजिक जीवन के तथ्यों के लिए महत्त्वपूर्ण है; लेकिन यह आपके साथियों, जानकारों, मित्रों, रिश्तेदारों, परिवार और सबसे बढ़कर—स्वयं के प्रति आपके दृष्टिकोण से कम महत्त्वपूर्ण नहीं है। आपको सीखना पड़ेगा कि आप इस दुनिया को एक हारी हुई, नष्ट हो रही वस्तु के रूप में नहीं, बल्कि एक ऐसी श्रेष्ठ व गौरवशाली वस्तु के रूप में देखें, जो एक खूबसूरत पूर्णता की ओर अग्रसर है और आपको यह भी सीखना पड़ेगा कि आप स्त्रियों व पुरुषों को हारे हुए शापित जीवों के रूप में नहीं, बल्कि उत्तम मनुष्यों की तरह देखें, जो पूर्णता प्राप्त करने की दिशा में बढ़ रहे हैं। दुनिया में बुरे या दुष्ट लोग नहीं होते। एक इंजन, जो पटरियों पर एक भारी रेलगाड़ी को खींचता है, वह अपने काम के लिए उपयुक्त है और यह उसकी अच्छाई है। भाप की शक्ति, जो उसे खींचती है, वह भी अच्छी होती है। यदि किसी टूटी हुई पटरी के कारण इंजन गड्ढे में गिर जाता है तो यूँ विस्थापित होने की वजह से वह बुरा नहीं बन जाता; वह इंजन अभी भी अच्छा है, बस, पटरियों से उतर गया है।

भाप की वह शक्ति, जो उसे गड्ढे तक ले जाती है और नष्ट कर देती है, वह बुरी नहीं है, बल्कि एक बहुत अच्छी शक्ति है। इसलिए वह

चीज, जिसे गलत स्थान पर रख दिया गया हो या जिसका प्रयोग अधूरे या आंशिक रूप में हुआ हो, उसे बुरा नहीं कहा जा सकता। दुनिया में बुरे लोग नहीं होते। बहुत अच्छे लोग होते हैं, जो गलत राह पर चलने लगते हैं; लेकिन उन्हें सजा या निंदा की आवश्यकता नहीं होती, उन्हें सिर्फ सही राह पर लौटने की आवश्यकता होती है।

वह, जो अविकसित या अपूर्ण है, हमें अकसर खराब या गलत नजर आता है, क्योंकि हमने अपने आपको उसी तरह सोचने के लिए प्रशिक्षित किया है। उस वृक्ष की जड़, जिसमें से सफेद कुमुदिनी का फूल निकलता है, बहुत कुरूप होता है। देखनेवाले उसे वितृष्णा भरी दृष्टि से देख सकते हैं; लेकिन कितने मूर्ख हैं हम, जो उस वृक्ष को उसकी शक्ल की वजह से धिक्कारते हैं, जबकि हम जानते हैं कि उसके अंदर कुमुदिनी है। अपने आप में वह जड़ भी श्रेष्ठ है, लेकिन जड़ के रूप में। फूल के रूप में वह अधूरी है। इसी दृष्टि से हमें प्रत्येक स्त्री और पुरुष को देखना चाहिए। बाहर से वे कितने भी कुरूप लगें, वे अपनी अवस्था के अनुरूप श्रेष्ठ हैं और पूर्णता की ओर बढ़ रहे हैं। ध्यान से देखिए, सबकुछ बहुत अच्छा है।

जबकि हम जानते हैं कि उसके अंदर कुमुदिनी है। अपने आप में वह जड़ भी श्रेष्ठ है, लेकिन जड़ के रूप में। फूल के रूप में वह अधूरी है। इसी दृष्टि से हमें प्रत्येक स्त्री और पुरुष को देखना चाहिए। बाहर से वे कितने भी कुरूप लगें, वे अपनी अवस्था के अनुरूप श्रेष्ठ हैं और पूर्णता की ओर बढ़ रहे हैं। ध्यान से देखिए, सबकुछ बहुत अच्छा है।

जब हम इस तथ्य को समझकर सही दृष्टिकोण तक पहुँच जाएँगे तो हमारे अंदर से लोगों में गलतियाँ ढूँढ़ने की, उनकी आलोचना करने की, निंदा करने की और उन्हें आँकने की इच्छा स्वत: समाप्त हो जाएगी।

तब हम उनकी तरह कार्य नहीं करेंगे, जो भटके हुए मनुष्यों को राह पर लाते हैं; बल्कि उनकी तरह कार्य करेंगे, जो देवदूतों की भाँति हैं और एक श्रेष्ठ, उत्तम, स्वर्ग जैसी पृथ्वी को पूर्णता प्रदान करने की दिशा में अग्रसर हैं। हम आत्मा से जन्म लेते हैं और ईश्वर की सृष्टि को देखते हैं। हम अब मनुष्यों को पेड़ों की तरह चलते हुए नहीं देखते, बल्कि हमारी दृष्टि को पूर्णता प्राप्त हो चुकी है। अब हमारे पास दूसरों के बारे में कहने के लिए सिर्फ अच्छी बातें हैं। सबकुछ अच्छा है; एक महान्, श्रेष्ठ, मानवता पूर्णता तक पहुँच रही है और लोगों के साथ संपर्क के दौरान यह विचार हमें एक प्रशस्त और विस्तृत दृष्टिकोण देता है।

हम उन्हें असाधारण मनुष्यों के रूप में देखने लगते हैं और उनके साथ वैसा ही असाधारण व्यवहार करने का प्रयास करने लगते हैं। लेकिन यदि हम दूसरे दृष्टिकोण के प्रभाव में आ जाते हैं और हमें एक भटकी हुई, नष्ट होती हुई जाति नजर आती है तो हमारी सोच संकुचित होने लगती है और तब लोगों के तथा उनके मामलों के प्रति हमारा व्यवहार भी संकुचित व संक्षिप्त होगा। आप पहले दृष्टिकोण को स्थिरता से थामे रखना याद रखिए। यदि आप ऐसा करेंगे तो आप अपने जानकारों, पड़ोसियों और अपने परिवार के साथ जल्दी ही वैसा व्यवहार करने लगेंगे, जैसा कोई असाधारण, महान् व्यक्ति दूसरों के साथ करता है। यही दृष्टिकोण वहाँ भी होना चाहिए, जिससे आप खुद को देखते

हम उन्हें असाधारण मनुष्यों के रूप में देखने लगते हैं और उनके साथ वैसा ही असाधारण व्यवहार करने का प्रयास करने लगते हैं। लेकिन यदि हम दूसरे दृष्टिकोण के प्रभाव में आ जाते हैं और हमें एक भटकी हुई, नष्ट होती हुई जाति नजर आती है तो हमारी सोच संकुचित होने लगती है और तब लोगों के तथा उनके मामलों के प्रति हमारा व्यवहार भी संकुचित व संक्षिप्त होगा।

हैं। आपको अपने आपको भी हमेशा एक उत्तम, प्रगतिशील मनुष्य के रूप में देखना चाहिए। यह कहना सीखिए कि मुझमें वह है, जिससे मैं बना हूँ; जिसमें किसी प्रकार का दोष, कमजोरी या रोग नहीं है। यह दुनिया अपूर्ण है, लेकिन मेरी चेतना में ईश्वर सर्वश्रेष्ठ भी है और पूर्ण भी। मेरे अपने दृष्टिकोण के अलावा यहाँ कुछ भी गलत नहीं हो सकता और मेरा अपना दृष्टिकोण तभी गलत हो सकता है, जब मैं उसकी बात न सुनूँ, जो मेरे अंदर है। मैं जहाँ भी हूँ, ईश्वर की एक श्रेष्ठ अभिव्यक्ति हूँ और मैं पूर्णता प्राप्त करने की दिशा में अग्रसर हूँ। मैं विश्वास रखूँगा और भय को अपने से दूर रखूँगा। जब आप पूरी तरह समझने के बाद यह सब कह पाएँगे, तब आपके मन से सारा भय दूर हो जाएगा और आप एक महान् व शक्तिशाली व्यक्तित्व के विकास की यात्रा पर बहुत आगे तक पहुँच जाएँगे।

□

8

प्रतिष्ठापन

उस दृष्टिकोण को पा लेने के बाद, जो आपका इस दुनिया के और आपके साथियों के साथ एक सही संबंध स्थापित करता है, अगला कदम है—प्रतिष्ठापन और साधारण शब्दों में इसका सही अर्थ है—अपनी आत्मा की बात सुनना। आपके अंदर वह चीज है, जो आपको हमेशा प्रगति की दिशा में बढ़ने के लिए प्रेरित करती रहती है और वह प्रेरक शक्ति है, दिव्य शक्ति का सिद्धांत। आपको बिना कोई प्रश्न किए उसकी बात माननी चाहिए। इस बात को कोई अस्वीकार नहीं कर सकता कि यदि आप महान् बनना चाहते हैं तो वह महानता आपके अंदर की किसी विशिष्टता की अभिव्यक्ति होनी चाहिए; न ही आप इस बात से इनकार कर सकते हैं कि आपके अंदर की यह विशिष्टता सबसे श्रेष्ठ और असाधारण होनी चाहिए। यह न बुद्धि है, न ज्ञान और न तर्क-शक्ति। आप महान् नहीं हो सकते, यदि आप अपने सिद्धांतों से अधिक तार्किकता पर भरोसा करते हैं। तर्क न तो सिद्धांत को मानता है और न नैतिकता को। आपकी तार्किकता एक वकील की तरह है, जो एक ही पक्ष की ओर से बहस करेगा। एक चोर की बुद्धि उतनी ही आसानी से चोरी और हत्या की योजना बनाएगी, जितनी आसानी से एक संत किसी महान् परोपकार की योजना बनाएगा। बुद्धि हमें सही कार्य करने

के सही तरीके और रास्ते का निर्णय करने में सहायता करती है; लेकिन सही कार्य क्या है, यह नहीं बताती। बुद्धि और तर्क-शक्ति एक स्वार्थी मनुष्य की उसके स्वार्थ से भरे कार्य करने में भी उतनी ही तत्परता से मदद करती हैं, जैसी वे एक निस्स्वार्थ मनुष्य की निस्स्वार्थ कार्य करने में करती हैं। सिद्धांतों पर ध्यान दिए बिना अपनी बुद्धि और तर्क-शक्ति का प्रयोग करिएगा तो आप एक योग्य व्यक्ति के रूप में जाने जाएँगे; लेकिन आप ऐसे व्यक्ति कभी नहीं बन पाएँगे, जिसके जीवन में सच्ची महानता की शक्ति दिखाई देती है।

ज्ञान और तर्क-शक्ति को बहुत अधिक प्रशिक्षित किया जाता है और अंतरात्मा के आज्ञा-पालन को बहुत कम। यही एक बात है, जो आपके व्यक्तिगत दृष्टिकोण में गलत हो सकती है, जब वह शक्ति के सिद्धांत के अनुपालन में नहीं होता।

ज्ञान और तर्क-शक्ति को बहुत अधिक प्रशिक्षित किया जाता है और अंतरात्मा के आज्ञा-पालन को बहुत कम। यही एक बात है, जो आपके व्यक्तिगत दृष्टिकोण में गलत हो सकती है, जब वह शक्ति के सिद्धांत के अनुपालन में नहीं होता।

अपने मध्य बिंदु में वापस जाकर आपको हमेशा हर संबंध के प्रति उचित दृष्टिकोण रखने का शुद्ध विचार मिलेगा। महान् बनने के लिए और शक्ति प्राप्त करने के लिए आपको सिर्फ अपने जीवन को उस शुद्ध विचार का, जो आपको अपनी अंतरात्मा में मिलता है, अनुसरण करना है। इस बिंदु पर किया गया प्रत्येक समझौता आपकी शक्ति की हानि की कीमत पर होता है। यही बात आपको याद रखनी चाहिए। आपके मन में ऐसे बहुत से विचार होंगे, जिन्हें आप विकसित कर चुके हैं और जिन्हें आदत में शुमार होने के कारण आप अपने जीवन के निर्णय लेने की अनुमति दे देते हैं। यह सब आपको समाप्त कर देना चाहिए; हर उस

चीज को त्याग दीजिए, जिसकी आपको आदत पड़ चुकी है। ऐसे बहुत से अकुलीन रिवाज हैं, सामाजिक और अन्य, जिन्हें आप अभी भी निभाते हैं; हालाँकि आप जानते हैं कि वे आपको बौना व छोटा कर देते हैं और आपको निम्न कार्य करने पर विवश करते हैं। ऐसे रीति-रिवाजों से ऊपर उठिए। मैं यह नहीं कहता कि आपको परंपराओं की या उचित-अनुचित, सही-गलत के प्रचलित मापदंडों की पूरी तरह से उपेक्षा करनी चाहिए—आप ऐसा कर भी नहीं सकते; लेकिन आप अपनी आत्मा को ऐसे अनेक संकुचित प्रतिबंधों से मुक्त कर सकते हैं, जिन्होंने अधिकतर मनुष्यों को जकड़ रखा है।

> ***मैं यह नहीं कहता कि आपको परंपराओं की या उचित-अनुचित, सही-गलत के प्रचलित मापदंडों की पूरी तरह से उपेक्षा करनी चाहिए—आप ऐसा कर भी नहीं सकते; लेकिन आप अपनी आत्मा को ऐसे अनेक संकुचित प्रतिबंधों से मुक्त कर सकते हैं, जिन्होंने अधिकतर मनुष्यों को जकड़ रखा है।***

अपना समय और शक्ति अप्रचलित, चाहे वह धार्मिक हो या कोई और, मत बरबाद करिए; स्वयं को उन संप्रदायों और मतों के दबाव में मत आने दीजिए, जिन पर आप विश्वास नहीं करते। स्वतंत्र रहिए, हो सकता है, आपने कुछ शारीरिक या मानसिक विषय संबंधी या कामुक आदतें डाल ली हों; उन्हें त्याग दीजिए। आप अभी भी इस भय में लिप्त रहते हैं कि कुछ अनहोनी हो जाएगी या लोग आपको धोखा दे देंगे या आपके साथ बुरा बरताव करेंगे। इन शंकाओं को अपने मन से बाहर निकालिए। आप अभी भी अनेक अवसरों पर स्वार्थपूर्ण व्यवहार करते हैं; ऐसा करना छोड़ दीजिए। इन सभी प्रवृत्तियों को त्याग दीजिए और इनके स्थान पर जितनी उत्तम प्रवृत्तियाँ आपके मन में उत्पन्न हो सकती हैं, वे अपना लीजिए। यदि आप उन्नति करना चाहते हैं और नहीं कर पा रहे हैं तो याद रखिए कि ऐसा सिर्फ इसलिए

है, क्योंकि आपके विचार आपकी क्रियाओं से बेहतर हैं। आप जितना श्रेष्ठ सोचते हैं, उतना ही श्रेष्ठ आपका काम होना चाहिए।

अपने विचारों को सिद्धांतों द्वारा शासित होने दीजिए और फिर अपने विचारों पर खरे उतरने का प्रयास कीजिए। व्यापार, राजनीति, आस-पड़ोस के मामलों और अपने खुद के घर में अपने दृष्टिकोण को अपने मन में उत्पन्न हो रहे सर्वश्रेष्ठ विचारों की अभिव्यक्ति करने दीजिए। सभी स्त्रियों व पुरुषों के प्रति, बड़ों और छोटों के प्रति—विशेष रूप से अपने परिवार के लोगों के प्रति—अपना व्यवहार हमेशा इतना संवेदनापूर्ण, सभ्य और प्रेमपूर्ण रखिए, जितना अधिक-से-अधिक आप रख सकते हैं। अपने दृष्टिकोण को याद रखिए, आप देवताओं की संगति में एक देवता हैं और आपका व्यवहार उसी के अनुकूल होना चाहिए।

पूर्ण रूप से प्रतिष्ठापित होने के लिए आपको कुछ आसान कदम उठाने पड़ेंगे। यदि आपको महानता प्राप्त करनी है तो आप नीचे से शासित नहीं हो सकते; आपको ऊपर से शासन करना पड़ेगा। इसलिए आप शारीरिक आवेग से शासित नहीं हो सकते; आपको अपने शरीर को अपनी बुद्धि के अधीन करना पड़ेगा; लेकिन बिना सिद्धांत के आपकी बुद्धि आपको स्वार्थ और अनैतिकता की राह पर ले जा सकती है। आपको अपनी बुद्धि को अपनी अंतरात्मा के अधीन करना

पूर्ण रूप से प्रतिष्ठापित होने के लिए आपको कुछ आसान कदम उठाने पड़ेंगे। यदि आपको महानता प्राप्त करनी है तो आप नीचे से शासित नहीं हो सकते; आपको ऊपर से शासन करना पड़ेगा। इसलिए आप शारीरिक आवेग से शासित नहीं हो सकते; आपको अपने शरीर को अपनी बुद्धि के अधीन करना पड़ेगा; लेकिन बिना सिद्धांत के आपकी बुद्धि आपको स्वार्थ और अनैतिकता की राह पर ले जा सकती है।

पड़ेगा और आपकी अंतरात्मा आपके ज्ञान की सीमा से बँधी रहती है। आपको उसे अपनी उस आत्मा के अधीन करना पड़ेगा, जिसे कुछ भी समझने के लिए प्रयास नहीं करना पड़ता; बल्कि उसकी दृष्टि के सामने सबकुछ फैला होता है। उसी से संस्कारों का गठन होता है। आप कहिए, मैं अपने शरीर को अपनी बुद्धि द्वारा शासित होने के लिए समर्पित करता हूँ; मैं अपनी बुद्धि को अपनी आत्मा द्वारा शासित होने के लिए समर्पित करता हूँ और मैं अपनी आत्मा ईश्वर का मार्गदर्शन प्राप्त करने के लिए समर्पित करता हूँ। इस प्रतिष्ठापन को संपूर्ण रूप से कार्यान्वित करिए और समझिए कि आपने महानता व शक्ति प्राप्त करने की दिशा में दूसरा बड़ा कदम बढ़ा दिया है।

□

9

पहचान

प्रकृति, समाज और दूसरे मनुष्यों में ईश्वर को एक प्रगतिशील उपस्थिति के रूप में पहचान लेने और स्वयं इन सब बातों के साथ सामंजस्य बैठाने के बाद और स्वयं को अपने अंदर की उस शक्ति के साथ प्रतिष्ठापित करने के बाद, जो आपको ऊँचाई और महानता की ओर प्रेरित करती है, अगला कदम है, इस तथ्य को समझना और पूर्ण रूप से जान लेना कि आपके अंदर जो शक्ति का सिद्धांत है, वह स्वयं ईश्वर है। आपको संपूर्ण चेतनावस्था में उच्चतम के साथ अपना तादात्म्य स्थापित करना है। यह कोई कल्पना करनेवाली झूठी स्थिति नहीं है; यह एक सत्य है, जिसे पहचानना पड़ेगा। आप पहले ही ईश्वर के साथ स्वयं को जोड़ चुके हैं; अब आप चेतनावस्था में इस बात के प्रति जागरूक होना चाहते हैं। यहाँ सिर्फ एक तत्त्व है, जो प्रत्येक वस्तु का स्रोत है और इसी तत्त्व में वह शक्ति समाहित है, जो सब चीजों का सृजन करती है; समस्त शक्ति उसमें अंतर्निहित है। यह तत्त्व सचेत है और सोचता है; यह संपूर्ण ज्ञान और समझ के साथ काम करता है। आप जानते हैं कि ऐसा है, क्योंकि आप जानते हैं कि तत्त्व का अस्तित्व है और चेतना का भी; यह कि वह तत्त्व ही होगा, जो सचेत है। मनुष्य भी सचेतन होता है और सोचता है; मनुष्य एक तत्त्व है, उसे तत्त्व ही

होना चाहिए, वरना वह कुछ नहीं है और उसका कोई अस्तित्व नहीं है। यदि मनुष्य तत्त्व है और सोचता है एवं सचेत है, तब वह सचेतन तत्त्व है। यह बात अकल्पनीय है कि एक से अधिक सचेतन तत्त्व हो सकते हैं; इसलिए मनुष्य मूल तत्त्व है, एक शरीर में समाविष्ट संपूर्ण जीवन और शक्ति का स्रोत। मनुष्य ईश्वर से भिन्न नहीं हो सकता। बुद्धि हर जगह एक समान होती है और हर जगह वह एक ही तत्त्व की विशेषता होती है। ईश्वर में एक प्रकार की और मनुष्य में दूसरे प्रकार की बुद्धि नहीं हो सकती; बुद्धि सिर्फ बुद्धिमान तत्त्व में हो सकती है और बुद्धिमान तत्त्व ईश्वर है।

मनुष्य भी उन्हीं तत्त्वों से बना है, जिनसे ईश्वर बना है। इसलिए वे सभी गुण, शक्तियाँ और संभावनाएँ, जो ईश्वर में हैं, वे मनुष्य में भी हैं—सिर्फ कुछ विशिष्ट व्यक्तियों में नहीं, बल्कि सब में। मनुष्य को संपूर्ण शक्तियाँ मिली हैं, पृथ्वी पर भी और स्वर्ग में भी। क्या यह लिखा हुआ नहीं है, तुम ईश्वर हो? मनुष्य के अंदर जो शक्ति का सिद्धांत है, वह स्वयं मनुष्य है और मनुष्य स्वयं ईश्वर है। हालाँकि मनुष्य मूल तत्त्व है और उसके अंदर सभी शक्तियाँ व संभावनाएँ हैं, लेकिन उसकी चेतना सीमित है। वह सबकुछ, जो जानने योग्य है, मनुष्य नहीं जानता, इसलिए वह गलती कर सकता है। इससे बचने के लिए उसे अपनी बुद्धि को उस बाह्य बुद्धि के साथ जोड़ना पड़ेगा, जो

मनुष्य भी उन्हीं तत्त्वों से बना है, जिनसे ईश्वर बना है। इसलिए वे सभी गुण, शक्तियाँ और संभावनाएँ, जो ईश्वर में हैं, वे मनुष्य में भी हैं—सिर्फ कुछ विशिष्ट व्यक्तियों में नहीं, बल्कि सब में। मनुष्य को संपूर्ण शक्तियाँ मिली हैं, पृथ्वी पर भी और स्वर्ग में भी। क्या यह लिखा हुआ नहीं है, तुम ईश्वर हो? मनुष्य के अंदर जो शक्ति का सिद्धांत है, वह स्वयं मनुष्य है और मनुष्य स्वयं ईश्वर है।

सबकुछ जानती है; उसे ईश्वर के साथ चेतनावस्था में एकाकार होना पड़ेगा। एक अलौकिक बुद्धि ने उसे चारों ओर से घेरा हुआ है, जो उसकी साँसों से भी ज्यादा समीप है, उसके हाथों व पैरों से भी ज्यादा निकट है और इस बुद्धि में उन सभी घटनाओं की स्मृतियाँ हैं, जो अब तक घटी हैं—आदिकाल में पृथ्वी पर हुई बड़ी-से-बड़ी उथल-पुथल से लेकर वर्तमान में एक गौरैया के पृथ्वी पर गिरने तक; और वे सभी घटनाएँ अभी भी अस्तित्व में हैं। इस अलौकिक बुद्धि के अंदर प्रकृति का संपूर्ण रहस्य और उसके पीछे का उद्देश्य भी है। इसलिए वह जानती है कि आगे क्या होनेवाला है! मनुष्य को चारों ओर से जिस अलौकिक बुद्धि ने घेरा हुआ है, वह सबकुछ जानती है—जो घट चुका है, जो घट रहा है और जो घटने वाला है, सबकुछ। जो कुछ अब तक मनुष्यों ने कहा है, किया है या लिखा है, वह उसमें मौजूद है। मनुष्य इस बुद्धि के समरूप पदार्थ से ही बना है; वह वहीं से आगे बढ़ा है और वह उसके साथ इस प्रकार तादात्म्य स्थापित कर सकता है कि वह भी सबकुछ जान पाए।

इस अलौकिक बुद्धि के अंदर प्रकृति का संपूर्ण रहस्य और उसके पीछे का उद्देश्य भी है। इसलिए वह जानती है कि आगे क्या होनेवाला है! मनुष्य को चारों ओर से जिस अलौकिक बुद्धि ने घेरा हुआ है, वह सबकुछ जानती है—जो घट चुका है, जो घट रहा है और जो घटने वाला है, सबकुछ। जो कुछ अब तक मनुष्यों ने कहा है, किया है या लिखा है, वह उसमें मौजूद है।

मेरे पिता मुझसे ज्यादा महान् हैं, जीसस कहते थे, मैं उनके पास से ही आया हूँ। मैं और मेरे पिता एक ही हैं। वे अपने पुत्र को सबकुछ बताते हैं। आपकी आत्मा आपको संपूर्ण सत्य तक ले जाएगी।

अनंत के साथ अपना तादात्म्य आपको पूरी चेतना के साथ स्थापित

करना पड़ेगा। इसे एक तथ्य की तरह स्वीकार करते हुए कि हर जगह सिर्फ ईश्वर है और समस्त बुद्धि सिर्फ एक तत्त्व में है, आपको इस विद्वान् का थोड़ा-बहुत समर्थन करना चाहिए।

सिर्फ वह एक है और वह एक हर जगह है। मैं स्वयं को उस उच्चतम के साथ सचेत एकात्मकता के लिए समर्पित करता हूँ। मैं नहीं, बल्कि पिता, मैं उस उच्चतम के साथ एक होना चाहता हूँ और एक दिव्य जीवन व्यतीत करना चाहता हूँ। मैं अनंत चेतना के साथ एक हूँ; यहाँ सिर्फ एक बुद्धि है और वह बुद्धि मैं हूँ। मैं जो आपसे बात कर रहा हूँ, मैं नहीं, वह है।

यदि आपने पिछले अध्यायों में बताए गए कार्य पूर्णता के साथ किए हैं, यदि आप सही दृष्टिकोण तक पहुँच चुके हैं और यदि आपका प्रतिष्ठापन पूरा हो चुका है तो आपके लिए जाग्रत् तादात्म्य प्राप्त करना कठिन नहीं होगा और एक बार आप उसे प्राप्त कर लेंगे तो जो शक्ति आप चाहते हैं, वह आपके पास होगी; क्योंकि जितनी भी शक्ति है, आपने उससे एकात्मकता प्राप्त कर ली है।

□

10

आदर्शीकरण

आप मूल तत्त्व में विचारशील बिंदु हैं और मूल तत्त्व के विचारों में रचनात्मक शक्ति होती है। जो कुछ भी उसके विचार में उत्पन्न होता है और विचारधारा का रूप लेता है, उसको प्रत्यक्ष और भौतिक रूप में अस्तित्व में आना चाहिए। विचारशील तत्त्व में जो विचारधारा जन्म लेती है, वह वास्तविक होती है; वह यथार्थ होती है, चाहे वह नश्वर आँखों को दिखाई दे या नहीं। यह एक ऐसा तथ्य है, जिसे आपको अपनी समझ में स्थापित करना चाहिए कि विचारशील तत्त्व में स्थित विचारधारा एक वास्तविक वस्तु है, एक आकार है और उसका एक वास्तविक अस्तित्व है; हालाँकि वह आपको नजर नहीं आता। आप अपने बारे में जो धारणा रखते हैं, भीतर-ही-भीतर वैसा रूप ले लेते हैं और आप उन वस्तुओं के अदृश्य रूप से अपने आप को घेर लेते हैं, जिनसे आप अपने विचारों में संबंध स्थापित करते हैं।

यदि आपके मन में किसी चीज को पाने की इच्छा है तो उसकी छवि स्पष्ट रूप से मन में रखिए और उसे तब तक मन में स्थिरता से रखिए, जब तक वह एक निश्चित विचारधारा का रूप नहीं ले लेती और यदि आपकी क्रियाएँ ऐसी नहीं हैं, जो आपको ईश्वर से अलग कर दें तो वह चीज आपके पास भौतिक रूप में अवश्य आ जाएगी। उसे ऐसा

उस सिद्धांत के अनुपालन में करना पड़ेगा, जिससे ब्रह्मांड अस्तित्व में आया था।

अपने बारे में कोई भी विचारधारा किसी रोग या बीमारी से संबद्ध मत बनाइए, बल्कि अच्छे स्वास्थ्य से संबंधित धारणा रखिए। स्वयं को एक शक्तिशाली, ऊर्जावान् और पूर्ण रूप से स्वस्थ व्यक्ति के रूप में देखिए; इस विचारधारा को रचनात्मक बुद्धि में स्थापित करिए और यदि आपकी क्रियाएँ उन सिद्धांतों का उल्लंघन नहीं करतीं, जिससे भौतिक शरीर का निर्माण हुआ है तो आपकी विचारधारा आपके शरीर में प्रकट होगी। यह भी निश्चित है कि ऐसा सिद्धांत के अनुपालन से होता है।

अपने बारे में एक विचारधारा बनाइए, जैसा आप बनना चाहते हैं, वैसी; और अपना आदर्श श्रेष्ठता के उतने नजदीक स्थापित करने का प्रयास कीजिए, जितने की आप कल्पना कर सकते हैं। मैं उदाहरण देता हूँ, यदि विधि का एक युवा छात्र महान् बनना चाहता है तो उसे अपनी कल्पना (विचारधारा, प्रतिष्ठापन, पहचान के सभी बिंदुओं को ध्यान में रखते हुए, जैसा कि पहले बताया गया है) एक असाधारण वकील के रूप में करने दीजिए, जो जज और जूरी के सामने अपने मुकदमे की पैरवी अतुलनीय वाक्पटुता व दृढ़ता के साथ करता है; एक ऐसा वकील, जिसके पास सत्य, ज्ञान और बुद्धि का असीमित भंडार है। उसे अपनी कल्पना एक ऐसे वकील के रूप में करने दीजिए, जो हर संभव परिस्थिति एवं अनिश्चितता में असाधारण कार्य करता है; भले ही वह हर परिस्थिति में फिलहाल एक छात्र ही हो, लेकिन उसे यह भूलने नहीं देना है कि स्वयं की धारणा में वह एक असाधारण वकील

अपने बारे में एक विचारधारा बनाइए, जैसा आप बनना चाहते हैं, वैसी; और अपना आदर्श श्रेष्ठता के उतने नजदीक स्थापित करने का प्रयास कीजिए, जितने की आप कल्पना कर सकते हैं।

है। जैसे-जैसे यह धारणा उसके मन में स्पष्ट होती जाएगी और वह इसके प्रति अभ्यस्त होता जाएगा, रचनात्मक शक्तियाँ—आंतरिक भी और बाह्य भी—अपना कार्य करना आरंभ कर देंगी और वह अपने अंदर से उस रूप को प्रकट करने लगेगा और वे सभी आवश्यक चीजें, जो उस विचारधारा को पूर्ण करती हैं, उसकी ओर खिंचने लगेंगी। वह स्वयं को उस छवि के अनुसार ढालने लगता है और ईश्वर उसके साथ कार्य करता है; वह जो बनना चाहता है, वह बनने से उसे कोई नहीं रोक सकता।

इसी सामान्य तरीके से संगीत का एक छात्र भी स्वयं को श्रेष्ठ संगीत और स्वर छेड़कर अनगिनत श्रोताओं को आनंदित करते हुए देखता है; एक अभिनेता अभिनय के क्षेत्र में स्वयं को उत्कृष्टता पाते हुए देखता है और उसके लिए प्रयत्न करता है। एक किसान और एक मेकैनिक भी यही करते हैं। आप जो भी बनना चाहते हैं, उसको अपना ध्येय बनाकर अपनी संपूर्ण शक्ति उस पर केंद्रित कीजिए; अच्छी तरह सोच-विचारकर निश्चित कर लीजिए कि आपने सही निर्णय लिया है। इसका तात्पर्य यह है कि आपका निर्णय ऐसा होना चाहिए, जो आपको आमतौर पर पूर्ण संतुष्टि दे। अपने आसपास के लोगों की सलाहों और सुझावों पर अधिक ध्यान मत दीजिए। इस बात पर विश्वास मत करिए कि आपके लिए क्या सही है ? यह आपसे ज्यादा और कौन जान सकता है ? दूसरे जो कहते हैं, वह सुनिए, लेकिन निर्णय हमेशा स्वयं लीजिए।

इसी सामान्य तरीके से संगीत का एक छात्र भी स्वयं को श्रेष्ठ संगीत और स्वर छेड़कर अनगिनत श्रोताओं को आनंदित करते हुए देखता है; एक अभिनेता अभिनय के क्षेत्र में स्वयं को उत्कृष्टता पाते हुए देखता है और उसके लिए प्रयत्न करता है। एक किसान और एक मेकैनिक भी यही करते हैं।

दूसरों को इस बात का निर्णय मत लेने दीजिए कि आपको क्या

बनना है! आप वही बनिए, जो आपको लगता है कि आपको बनना चाहिए। दायित्व या कर्तव्य की गलत धारणा से स्वयं को गुमराह मत होने दीजिए। आपका दूसरों के प्रति ऐसा कोई दायित्व या कर्तव्य नहीं हो सकता, जो आपको स्वयं के लिए कुछ करने से रोक सके। आप अपने प्रति सच्चे रहेंगे तो किसी के साथ गलत नहीं करेंगे। जब आप अच्छी तरह निश्चित कर लें कि आपको क्या बनना है तो उस चीज की उच्चतम संकल्पना अपने मन में बैठाइए और उसको एक विचारधारा का रूप दीजिए। उस विचारधारा को एक तथ्य की भाँति स्थापित करिए, जैसे वह आपकी असली सच्चाई हो और उस पर विश्वास कीजिए।

प्रतिकूल सुझावों की ओर से अपने कान बंद कर लीजिए। यदि लोग आपको मूर्ख या शेखचिल्ली कहें तो बुरा मत मानिए। आप सपने देखते रहिए। याद रखिए कि नेपोलियन बोनापार्ट—वह लेफ्टिनेंट, जिसे पेट भर खाना भी नहीं मिलता था—हमेशा स्वयं को सेना के जनरल और फ्रांस के शासक के रूप में देखता था और वह वास्तविकता में भी वही बना, जो वह अपने मन में सोचता था। ऐसा ही आपके साथ भी होगा। पिछले अध्यायों में समझाई गई बातों पर ध्यान दीजिए और आगे के अध्यायों में दिए गए निर्देशों के अनुसार चलिए; आप वह बन जाएँगे, जो आप बनना चाहते हैं।

□

11
प्राप्ति

यदि आप पिछले अध्याय के पूर्ण होने पर रुक जाते हैं तो आप कभी महान् नहीं बन पाएँगे; आप सिर्फ एक सपने देखनेवाले, हवाई किले बनानेवाले बनकर रह जाएँगे। बहुत से लोग वहाँ तक पहुँचकर रुक जाते हैं। वे अपने लक्ष्य की प्राप्ति और विचारधारा को वास्तविकता में बदलने के परिप्रेक्ष्य में वर्तमान क्रिया के महत्त्व को नहीं समझ पाते। दो चीजें आवश्यक हैं—पहली, विचारधारा का बनना और दूसरी, जो कुछ भी विचारधारा के अंदर और आसपास हो रहा है, उसका स्वयं से विनियोग। हम पहली बात पर चर्चा कर चुके हैं, अब दूसरी के बारे में निर्देश देंगे। जब आप अपनी विचारधारा बना लेते हैं तो आप अपने अंतर में वह बन चुके होते हैं, जो आप बनना चाहते हैं। आप आंतरिक रूप से महानता प्राप्त कर चुके होते हैं; अब आपको बाह्य रूप में वह बनना है, जो आप बनना चाहते हैं। आप अंदर से तो महान् बन चुके हैं, लेकिन बाहर आपने महान् कार्य करने शुरू नहीं किए हैं। आप एकाएक महान् कार्य करने शुरू नहीं कर सकते; आप दुनिया के सामने एक महान् अभिनेता या वकील या संगीतकार या फिर जो भी आप बनना चाहते हैं, अचानक नहीं बन सकते। अभी कोई भी आपको महत्त्वपूर्ण महान् कार्य नहीं सौंपेगा, क्योंकि अभी लोग आपको नहीं जानते; लेकिन आप

छोटे-छोटे कार्यों को असाधारण तरीके से करके शुरुआत कर सकते हैं।

यहीं पर सारा रहस्य विद्यमान है। आप महान् बनने की शुरुआत आज अपने घर में कर सकते हैं—अपनी दुकान या ऑफिस में, सड़क पर, कहीं भी कर सकते हैं। आप अपने को एक महान् व्यक्ति के रूप में प्रतिष्ठित करने की शुरुआत कर सकते हैं और यह आप कर सकते हैं अपने हर काम को असाधारण तरीके से करके। आपको अपने प्रत्येक कार्य में अपनी महान् आत्मा की संपूर्ण शक्ति डालनी होगी, चाहे वह कितना भी छोटा या साधारण काम हो और इस प्रकार आप अपने परिवार, अपने मित्रों और पड़ोसियों को दिखा सकते हैं कि आप वास्तव में क्या हैं! अपने बारे में डींग मत हाँकिए, न ही आत्म-प्रशंसा करिए; घूम-घूमकर लोगों से यह मत कहिए कि आप कितने महान् व्यक्ति हैं! आप बस, अच्छे कार्य करते रहिए। कोई आप पर विश्वास नहीं करेगा, यदि आप कहेंगे कि आप महान् हैं; लेकिन कोई आपकी महानता पर संदेह नहीं करेगा, यदि आप अपने कर्मों द्वारा अपनी महानता प्रदर्शित करेंगे। अपने पारिवारिक वातावरण में आप इतने उदार, विनम्र, शिष्ट और करुणामय रहिए कि आपका परिवार, आपकी पत्नी, पति, बच्चे, भाई, बहन जान जाएँ कि आप एक महान् और नेक इनसान हैं। अपने सभी संबंधों में उदार, शिष्ट, विनम्र और करुणामय व्यवहार रखिए। महान् व्यक्ति इससे

आपको अपने प्रत्येक कार्य में अपनी महान् आत्मा की संपूर्ण शक्ति डालनी होगी, चाहे वह कितना भी छोटा या साधारण काम हो और इस प्रकार आप अपने परिवार, अपने मित्रों और पड़ोसियों को दिखा सकते हैं कि आप वास्तव में क्या हैं! अपने बारे में डींग मत हाँकिए, न ही आत्म-प्रशंसा करिए; घूम-घूमकर लोगों से यह मत कहिए कि आप कितने महान् व्यक्ति हैं! आप बस, अच्छे कार्य करते रहिए।

अलग नहीं होते। यही आपकी प्रवृत्ति होनी चाहिए।

अगली और सबसे महत्त्वपूर्ण बात, आपको सत्य के प्रति अपनी धारणा पर पूर्ण विश्वास होना चाहिए। कभी भी कोई कार्य जल्दबाजी या हड़बड़ी में मत करिए; हर काम सोच-समझकर कीजिए; तब तक इंतजार कीजिए, जब तक आपको यह न लगे कि आपको सही तरीका पता है और जब आपको लगे कि आप सही तरीका जानते हैं तो अपने विश्वास का अनुसरण कीजिए, भले ही पूरी दुनिया आपसे असहमत हो। यदि आप उन बातों पर विश्वास नहीं करते, जो ईश्वर छोटी-छोटी चीजों के माध्यम के आपको बताता है तो आप बड़े-बड़े कार्यों के लिए उसका ज्ञान और बुद्धि कभी ग्रहण नहीं कर पाएँगे। जब आपको किसी कार्य के बारे में गहराई से महसूस हो कि वह सही कार्य है तो उसे अवश्य कीजिए और दृढ़ विश्वास रखिए कि परिणाम अच्छा होगा। जब आप किसी विशेष चीज की सच्चाई से गहराई से प्रभावित हों तो चाहे उस चीज को लेकर कितना भी विरोधाभास हो, आप उस चीज को सत्य समझकर स्वीकार कीजिए और उसी के अनुसार कार्य करिए। बड़ी-बड़ी चीजों में सत्य की अनुभूति करने का एक तरीका है—छोटी चीजों के प्रति अपनी वर्तमान धारणा पर पूर्ण विश्वास करना। याद रखिए कि आप इसी शक्ति या इंद्रिय को विकसित करने का प्रयास कर रहे हैं, सत्य की अनुभूति; आप ईश्वर के विचार समझने का प्रयास कर रहे हैं। उस सर्वशक्तिमान

यदि आप उन बातों पर विश्वास नहीं करते, जो ईश्वर छोटी-छोटी चीजों के माध्यम के आपको बताता है तो आप बड़े-बड़े कार्यों के लिए उसका ज्ञान और बुद्धि कभी ग्रहण नहीं कर पाएँगे। जब आपको किसी कार्य के बारे में गहराई से महसूस हो कि वह सही कार्य है तो उसे अवश्य कीजिए और दृढ़ विश्वास रखिए कि परिणाम अच्छा होगा।

की दृष्टि में न कुछ छोटा है और न बड़ा; वह सूर्य को अपने स्थान पर रोककर रखता है, लेकिन वह एक गौरैया के गिरने पर भी ध्यान देता है और आपके सिर के बालों की संख्या पर भी।

ईश्वर को रोजमर्रा के जीवन की छोटी-छोटी बातों में भी उतनी ही दिलचस्पी है, जितनी विभिन्न देश-दुनिया के बड़े-बड़े मामलों में। उसी प्रकार, आप अपने परिवार और पड़ोसियों के बारे में भी जान सकते हैं और शासन कला के बारे में भी और शुरुआत करने का तरीका है—इन छोटी-छोटी बातों के सच में पूरा विश्वास रखना, जैसे-जैसे ये रोजमर्रा के जीवन में आपके सामने आती हैं। जब आप तर्क और सांसारिक निर्णय के विपरीत कोई कार्य करने के लिए अंदर से प्रेरित महसूस करें तो उस कार्य को अवश्य करें। लोगों की सलाह और सुझाव सुनें, लेकिन वही करें, जो आपकी अंतरात्मा को उचित लगे। सत्य की अपनी समझ पर हमेशा पूरे विश्वास के साथ भरोसा करें; लेकिन ध्यान रहे कि आप ईश्वर की आवाज सुन रहे हैं और आप जल्दबाजी, भय एवं व्यग्रता के साथ काम नहीं कर रहे हैं।

सत्य की अपनी समझ पर जीवन की हर परिस्थिति में भरोसा करें। यदि आपको गहराई से महसूस होता है कि कोई व्यक्ति एक निश्चित दिन, एक निश्चित स्थान पर मिलेगा तो पूरे विश्वास के साथ उससे वहाँ मिलने जाएँ; वह आपको उसी स्थान पर मिलेगा, चाहे इसकी संभावना कितनी भी कम रही हो।

सत्य की अपनी समझ पर जीवन की हर परिस्थिति में भरोसा करें। यदि आपको गहराई से महसूस होता है कि कोई व्यक्ति एक निश्चित दिन, एक निश्चित स्थान पर मिलेगा तो पूरे विश्वास के साथ उससे वहाँ मिलने जाएँ; वह आपको उसी स्थान पर मिलेगा, चाहे इसकी संभावना कितनी भी कम रही हो। यदि आपको निश्चित रूप से लगता है कि कुछ

खास लोग कुछ खास तरह के संयोजन कर रहे हैं या कोई खास काम कर रहे हैं तो आप इस विश्वास के साथ अपना कदम बढ़ाएँ कि वे ऐसा कर रहे होंगे! यदि आपको किसी भी परिस्थिति या घटना के सत्य के बारे में निश्चित अनुभूति होती है—चाहे वह घटना निकट की हो या दूर की, पूर्व की हो, वर्तमान की हो या भविष्य में घटने वाली हो—तो अपनी अनुभूति पर विश्वास करें। शुरुआत में अंतरात्मा की आवाज को पूरी तरह न समझ पाने के कारण आप कुछ गलतियाँ कर सकते हैं; लेकिन शीघ्र ही आपको अपने अंतर से सही मार्गदर्शन मिलने लगेगा। शीघ्र ही आपका परिवार और आपके मित्र आपके निर्णय को समझने लगेंगे और आपके पास मार्गदर्शन के लिए आएँगे। शीघ्र ही आपके पड़ोसी और शहर के लोग आपके पास सलाह व परामर्श लेने आने लगेंगे। जल्दी ही लोग आपको एक ऐसे व्यक्ति के रूप में जानने लगेंगे, जो छोटे-छोटे कार्य भी असाधारण तरीके से करता है और फिर लोग आपको बड़े तथा महत्त्वपूर्ण कार्य भी सौंपने लगेंगे। जो कुछ भी आवश्यक है, उसे प्रेरित करता है—आपकी अंतरात्मा का प्रकाश और सत्य को देखने व समझने की आपकी दृष्टि। अपनी अंतरात्मा की आवाज सुनिए और स्वयं पर अटूट विश्वास रखिए। अपने ऊपर कभी संदेह या अविश्वास मत करिए। अपने को ऐसा व्यक्ति मत समझिए, जो गलतियाँ करता रहता है। यदि मैं निर्णय लेता हूँ तो मेरा निर्णय यथोचित होता है, क्योंकि मैं किसी इनसान से सम्मान नहीं चाहता, सिर्फ परमपिता से चाहता हूँ।

□

12

आतुरता और आदत

इस बात में संदेह नहीं है कि आपकी कई समस्याएँ होंगी—पारिवारिक, सामाजिक, शारीरिक, आर्थिक, जिनके तत्काल समाधान का आपके ऊपर दबाव होगा।

आपने कर्ज लिये होंगे, जिनका आपको भुगतान करना होगा या अन्य दायित्व होंगे, जिन्हें आपको पूरा करना होगा। आप अपनी वर्तमान स्थिति से प्रसन्न नहीं हैं और आपको लगता है, तुरंत कुछ करने की आवश्यकता है। जल्दबाजी करके और सतही आवेग में आकर कोई काम मत करिए। अपनी हर व्यक्तिगत समस्या के समाधान के लिए आप ईश्वर पर विश्वास कर सकते हैं। उतावले होने की आवश्यकता नहीं है। ईश्वर है और संसार में सबकुछ ठीक है।

आपके अंदर एक अजेय शक्ति है और वही शक्ति उन चीजों में भी है, जो आपको चाहिए। वह शक्ति उन चीजों को आपके निकट और आपको उनके निकट ले जाती है। यह एक विचार है, जिसे आपको समझना चाहिए और इस बात को हमेशा ध्यान में रखना चाहिए कि वही बुद्धि, जो आप में है, उन चीजों में भी है, जिन्हें आप पाना चाहते हैं। वे आपकी ओर उतनी ही दृढ़ता से और मजबूती से खिंची चली आती हैं, जितनी आपकी इच्छा आपको उनकी ओर खींचती है। इसलिए

लगातार मन में बने रहनेवाले विचार की प्रवृत्ति यह होनी चाहिए कि वह उन चीजों को, जिन्हें आप पाना चाहते हैं, आपके निकट लाकर आपके आसपास एकत्रित कर दे। जब तक आप अपने विचार को और विश्वास को ठीक रखते हैं, सबकुछ ठीक रहेगा। आपके अपने व्यवहार के अलावा कुछ भी गलत नहीं हो सकता और वह भी गलत नहीं हो सकता, यदि आपका विश्वास सच्चा है और आपके मन में किसी बात का भय नहीं है। जल्दबाजी भय की अभिव्यक्ति होती है; जो भयभीत नहीं होता, उसके पास पर्याप्त समय होता है।

यदि आप पूर्ण विश्वास के साथ सत्य के प्रति अपनी धारणा के अनुसार कार्य करेंगे तो न आपको कभी विलंब होगा और न आप कोई काम समय से पूर्व करेंगे और कुछ गलत नहीं होगा। यदि आपको कुछ गलत होता प्रतीत हो रहा हो तो अपने मन में घबराहट मत आने दीजिए; गलत सिर्फ प्रतीत होता है।

यदि आप पूर्ण विश्वास के साथ सत्य के प्रति अपनी धारणा के अनुसार कार्य करेंगे तो न आपको कभी विलंब होगा और न आप कोई काम समय से पूर्व करेंगे और कुछ गलत नहीं होगा। यदि आपको कुछ गलत होता प्रतीत हो रहा हो तो अपने मन में घबराहट मत आने दीजिए; गलत सिर्फ प्रतीत होता है। स्वयं आपके अलावा संसार में कुछ गलत नहीं हो सकता; और आप तभी गलत हो सकते हैं, जब आपकी मानसिक प्रवृत्तियाँ गलत हो जाएँ। जब भी आप स्वयं को उत्तेजित, चिंतित या जल्दबाजी करने की प्रवृत्ति में लिप्त होता पाएँ तो शांति से बैठकर विचार करें, कोई खेल खेलें या कुछ दिन की छुट्टियाँ ले लें। कहीं बाहर घूमने चले जाएँ और लौटने पर आपको सबकुछ सामान्य नजर आएगा। यह निश्चित है कि जब आप स्वयं को जल्दबाजी करने की मानसिक प्रवृत्ति में पाएँगे, तब निश्चित रूप से स्वयं को महानता प्राप्त करने की मानसिक

प्रवृत्ति से बाहर भी पाएँगे। जल्दबाजी और भय उस सर्वव्यापी बुद्धि से आपका संपर्क तुरंत तोड़ देते हैं; जब तक आपका चित्त शांत नहीं हो जाता, आपको न कोई शक्ति मिलेगी, न ज्ञान और न कोई जानकारी; और यदि जल्दबाजी की प्रवृत्ति में पड़ेंगे तो आपके अंदर शक्ति का सिद्धांत भी अपना कार्य करना छोड़ देगा। भय ताकत को कमजोरी में बदल देता है। याद रखिए, मानसिक संतुलन और शक्ति अविभाज्य रूप से संबद्ध हैं। शांत व संतुलित बुद्धि ही दृढ़ और महान् होती है। जल्दबाज और उत्तेजित बुद्धि कमजोर होती है। जब भी आप जल्दबाजी करने की मानसिक प्रवृत्ति में पड़ जाते हैं, आपको समझ जाना चाहिए कि आप सही दृष्टिकोण को खो चुके हैं; आपने संसार में या उसके कुछ हिस्से में कमियाँ देखनी शुरू कर दी हैं। ऐसे समय आप इस पुस्तक का छठा अध्याय पढ़िए; इस तथ्य पर विचार करिए कि यह काम इस समय—जो कुछ भी उसमें समाहित है—उसके साथ अपने श्रेष्ठ रूप में है। कुछ भी गलत नहीं हो रहा है; कुछ भी गलत नहीं हो सकता; अपना मानसिक संतुलन बनाए रखिए, शांत रहिए, प्रसन्न रहिए और ईश्वर पर भरोसा रखिए।

शांत व संतुलित बुद्धि ही दृढ़ और महान् होती है। जल्दबाज और उत्तेजित बुद्धि कमजोर होती है। जब भी आप जल्दबाजी करने की मानसिक प्रवृत्ति में पड़ जाते हैं, आपको समझ जाना चाहिए कि आप सही दृष्टिकोण को खो चुके हैं; आपने संसार में या उसके कुछ हिस्से में कमियाँ देखनी शुरू कर दी हैं।

अब आदत की बात करें तो इस बात की संभावना है कि आपके लिए सबसे मुश्किल काम है, अपने सोचने के पुराने तरीकों को बदलना और नई सोच अपनाना। यह संसार आदतों द्वारा शासित है। राजा-महाराजा, तानाशाह, मालिक, धनिक—सब अपने-अपने पदों पर सिर्फ

इसलिए हैं, क्योंकि लोगों ने उन्हें इन्हीं रूपों में स्वीकार करने की आदत डाल ली है। जब लोग सरकारी, सामाजिक और औद्योगिक संस्थाओं के बारे में अपनी सामान्य विचारधारा बदल लेंगे, तब वे संस्थाओं को भी बदल देंगे। हमारी आदतें हम पर शासन करती हैं।

आपने शायद स्वयं को एक आम इनसान के रूप में देखने की आदत डाल ली है—एक ऐसा इनसान, जिसके पास सीमित योग्यता है या जो लगभग एक हारा हुआ इनसान है। जिस भी रूप में आप स्वयं को देखने के अभ्यस्त हो जाते हैं, वैसे ही आप हो जाते हैं। अब आपको एक बेहतर और असाधारण आदत डालनी होगी; आपको स्वयं को एक ऐसे व्यक्ति के रूप में देखना होगा, जिसके पास असीमित शक्ति है और यह सोचने की आदत डालनी होगी कि आप ऐसे व्यक्ति हैं। आपकी किस्मत आपका सामान्य विचार तय करता है, न कि सामयिक विचार। दिन में कई बार कुछ पलों के लिए अलग बैठकर स्वयं को यह विश्वास दिलाने से कि आप महान् हैं, आपको कुछ हासिल नहीं होगा, यदि बाकी के पूरे दिन—अपना सामान्य कार्य करते हुए—आप स्वयं को साधारण ही समझें। आप कितनी भी प्रार्थना कर लें या खुद को विश्वास दिलाएँ, आप तब तक महान् नहीं बन सकते, जब तक आप आदतन खुद को साधारण समझते रहेंगे।

आपने शायद स्वयं को एक आम इनसान के रूप में देखने की आदत डाल ली है—एक ऐसा इनसान, जिसके पास सीमित योग्यता है या जो लगभग एक हारा हुआ इनसान है। जिस भी रूप में आप स्वयं को देखने के अभ्यस्त हो जाते हैं, वैसे ही आप हो जाते हैं।

प्रार्थना और पुष्टीकरण का काम होता है—आपकी आदत बन चुकी प्रवृत्ति को बदलना। आपकी कोई भी क्रिया, मानसिक हो या शारीरिक, यदि बार-बार दोहराई जाती है तो वह आदत बन जाती है। मानसिक

क्रियाओं का उद्देश्य होता है—कुछ विचारों को बार-बार दोहराना, तब तक, जब तक उन विचारों में स्थिरता न आ जाए और वे एक आदत का रूप न ले लें। जिन विचारों को हम अपने मन में बार-बार दोहराते रहते हैं, उन पर हमें विश्वास होने लगता है। आपको यह करना है कि आप अपने बारे में बनाई नई धारणा को मन में तब तक दोहराते रहें, जब तक आप स्वयं को सिर्फ उसी रूप में न देखने लगें। वातावरण और परिस्थिति ने नहीं, बल्कि उस विचार ने—जिसके आप अभ्यस्त हो चुके हैं—आपको वह बनाया है, जो आप हैं। प्रत्येक व्यक्ति की अपने बारे में कोई मूल धारणा या विचारधारा होती है और इसी धारणा से वह अपने बाहरी संबंधों व तथ्यों को सँजोता है। आप अपने तथ्यों को या तो इस विचार के अनुसार क्रमबद्ध करते हैं कि आप एक दृढ़ और असाधारण व्यक्तित्व के स्वामी हैं या इस विचार के अनुसार कि आप सीमित क्षमतावाले, साधारण और कमजोर व्यक्ति हैं। यदि आप दूसरे विचार को मानते हैं तो आपको अपनी मूल धारणा बदलनी होगी।

अपनी एक नई मानसिक छवि बनाइए। सिर्फ शब्दों या सतही सूत्रों को दोहराकर महान् बनने का प्रयास मत कीजिए; बल्कि बार-बार अपनी शक्ति और योग्यता की धारणा को दोहराते रहिए, जब तक आप बाहरी तथ्यों को क्रमबद्ध न कर लें और इसी विचार द्वारा अपना स्थान निश्चित न कर लें। आगे के अध्याय में हम इस बिंदु पर और चर्चा करेंगे और आपको उदाहरण सहित मानसिक व्यायाम भी बताएँगे।

□

13

विचार

महानता सिर्फ महान् विचारों के बारे में लगातार सोचने से प्राप्त हो सकती है। कोई भी व्यक्ति अपने बाहरी व्यक्तित्व से महान् नहीं बन सकता, यदि वह आत्मा से महान् नहीं है; और कोई व्यक्ति आत्मा से महान् नहीं बन सकता, जब तक वह सोचता नहीं। यदि आप विचार नहीं करते तो चाहे आप कितनी भी शिक्षा प्राप्त कर लें, कितनी भी पुस्तकें पढ़ लें, आप महान् नहीं बन सकते। बहुत से लोग हैं, जो बिना विचार किए—सिर्फ पुस्तकें पढ़कर—कुछ बनने का प्रयास कर रहे हैं। ऐसे प्रयासों को सफलता नहीं मिल सकती। सिर्फ पढ़ने से आपका मानसिक विकास नहीं होगा, बल्कि जो आप पढ़ते हैं, उसके बारे में विचार करने से, सोचने से होगा।

सोचना और विचार करना सबसे अधिक परिश्रम वाले कार्य होते हैं; इसीलिए बहुत से लोग इनसे बचने का प्रयास करते हैं। ईश्वर ने हमें ऐसा बनाया है कि हम सदा कुछ-न-कुछ सोचने पर विवश हो जाते हैं। हमें या तो विचार करना चाहिए या उससे बचने के लिए खुद को किसी काम में व्यस्त कर लेना चाहिए। खुशी को पाने की वह अंधाधुंध, निरंतर दौड़, जिसमें इनसान अपना सारा खाली समय बिता देता है और कुछ नहीं, बल्कि विचारों से पीछा छुड़ाने का एक तरीका है। जब लोग

अकेले होते हैं और उनके पास मनोरंजन का कोई साधन, जैसे पढ़ने के लिए कोई उपन्यास या देखने के लिए फिल्म नहीं होती तो उनके मन में कोई-न-कोई विचार आने लगता है। इन्हीं विचारों से बचने के लिए वे उपन्यासों, फिल्मों या दिल बहलाने के अन्य असीमित साधनों का सहारा लेने लगते हैं। अधिकतर लोग अपने खाली समय का अधिकांश भाग विचारों से दूर भागने में बिता देते हैं, इसीलिए वे आज भी वहीं हैं, जहाँ पहले थे। जब तक हम सोचना शुरू नहीं करते, हम प्रगति नहीं कर सकते।

पढ़िए कम और सोचिए ज्यादा। महान् असाधारण बातों के बारे में पढ़िए और बड़े-बड़े, महत्त्वपूर्ण प्रश्नों एवं मुद्दों के बारे में विचार करिए। हमारे देश के राजनीतिक जीवन में वर्तमान समय में सही मायनों में महान् व्यक्ति बहुत कम हैं। हमारे राजनीतिज्ञ क्षुद्र प्रवृत्ति के हैं। वर्तमान में कोई लिंकन, कोई वेब्स्टर, कोई क्ले, कैल्हों या जैक्सन नहीं है। क्यों? क्योंकि आजकल के राजनीतिज्ञ सिर्फ तुच्छ और घिनौने मुद्दों में दिलचस्पी रखते हैं। डॉलर और सेंट, मुनाफे और पार्टी की सफलता, भौतिक संपन्नता—यही सब इनके लिए महत्त्वपूर्ण हैं। नैतिक अधिकारों से इन्हें कोई सरोकार नहीं होता। इस प्रकार की सोच लेकर चलने से महान् व्यक्तित्व का निर्माण नहीं होता। लिंकन के समय के और उनसे पहले के राजनीतिज्ञ शाश्वत सत्य, मानव के अधिकार और न्याय के प्रश्नों से जूझते थे। उस समय के लोग महान् विषयों के बारे में विचार करते थे; उनके विचार

हमारे राजनीतिज्ञ क्षुद्र प्रवृत्ति के हैं। वर्तमान में कोई लिंकन, कोई वेब्स्टर, कोई क्ले, कैल्हों या जैक्सन नहीं है। क्यों? क्योंकि आजकल के राजनीतिज्ञ सिर्फ तुच्छ और घिनौने मुद्दों में दिलचस्पी रखते हैं। डॉलर और सेंट, मुनाफे और पार्टी की सफलता, भौतिक संपन्नता—यही सब इनके लिए महत्त्वपूर्ण हैं।

बड़े होते थे और वे महान् व्यक्ति बनते थे।

व्यक्तित्व का निर्माण विचारों से होता है, सिर्फ ज्ञान और जानकारी से नहीं। सोचने से प्रगति होती है और बिना प्रगति किए आप सोच नहीं सकते। प्रत्येक विचार से एक और विचार उत्पन्न होता है। आप एक विचार को लिखिए और एक के बाद एक आपके मन में विचार आते रहेंगे, जब तक पन्ना पूरा भर नहीं जाता। आप अपने मन की गहराई नहीं नाप सकते; मन का न कोई तला होता है, न वह सीमाओं में बँधा होता है। आपके शुरुआती विचार कुछ अटपटे हो सकते हैं; लेकिन जैसे-जैसे आप सोचते जाएँगे, आप अपनी आंतरिक शक्ति का अधिक-से-अधिक प्रयोग करेंगे; आपके मस्तिष्क की नई कोशिकाएँ सक्रिय होने लगेंगी और आपके अंदर नई मानसिक शक्ति का विकास होने लगेगा। आनुवंशिकता, वातावरण, परिस्थितियाँ—सब आपके अनुकूल होने लगेंगी, यदि आप निरंतर विचार करने की प्रवृत्ति अपना लेंगे, लेकिन दूसरी ओर, यदि आप स्वयं अपने लिए नहीं सोचेंगे और सिर्फ दूसरों के विचारों का प्रयोग करेंगे तो आप कभी नहीं जान पाएँगे कि आपकी क्षमता क्या है, आपके अंदर क्या करने की योग्यता है और फिर अंत में, आप कुछ भी करने योग्य नहीं रह जाएँगे।

आपके शुरुआती विचार कुछ अटपटे हो सकते हैं; लेकिन जैसे-जैसे आप सोचते जाएँगे, आप अपनी आंतरिक शक्ति का अधिक-से-अधिक प्रयोग करेंगे; आपके मस्तिष्क की नई कोशिकाएँ सक्रिय होने लगेंगी और आपके अंदर नई मानसिक शक्ति का विकास होने लगेगा।

मूल विचार के बिना सच्ची महानता प्राप्त नहीं हो सकती। जो कुछ भी मनुष्य बाह्य रूप से करता है, वह उसकी आंतरिक सोच की अभिव्यक्ति और पूर्णता होती है। बिना सोचकर कोई भी क्रिया संभव

नहीं है और कोई भी महान् कार्य संभव नहीं हो सकता, जब तक उसके पीछे कोई महान् विचार न हो। क्रिया विचार का दूसरा रूप होती हैं और व्यक्तित्व विचार का भौतिकीकरण होता है। वातावरण विचार का परिणाम होता है। चीजें अपने को आपके विचार के अनुसार आपके चारों ओर व्यवस्थित कर लेती हैं। जैसा कि एमर्सन कहते हैं, एक मूल धारणा या विचार होता है, जिसके द्वारा आपके जीवन के सभी तथ्य क्रमबद्ध होते हैं। आप इस मूल धारणा को बदल दीजिए और आप देखेंगे कि आपके जीवन के तथ्यों व परिस्थितियों का क्रम भी बदल गया है। आप जो हैं, वह इसलिए हैं, क्योंकि आप ऐसा सोचते हैं; आप जहाँ हैं, वहाँ इसलिए हैं, क्योंकि आप ऐसा ही सोचते हैं।

चीजें अपने को आपके विचार के अनुसार आपके चारों ओर व्यवस्थित कर लेती हैं। जैसा कि एमर्सन कहते हैं, एक मूल धारणा या विचार होता है, जिसके द्वारा आपके जीवन के सभी तथ्य क्रमबद्ध होते हैं। आप इस मूल धारणा को बदल दीजिए और आप देखेंगे कि आपके जीवन के तथ्यों व परिस्थितियों का क्रम भी बदल गया है।

इस प्रकार, आपने अत्यंत अनिवार्य चीजों के बारे में विचार करने के अत्यधिक महत्त्व के बारे में पिछले अध्यायों में पढ़ा। इन सभी बातों को आपको सतही तौर पर स्वीकार नहीं करना चाहिए; आपको उनके बारे में तब तक सोचना चाहिए, जब तक वे आपके मूल विचार का हिस्सा न बन जाएँ। विचारधारा के मुद्दे पर वापस जाइए और पूरे असर के साथ इस जबरदस्त विचार पर मंथन कीजिए कि आप एक श्रेष्ठ संसार में श्रेष्ठ मनुष्यों के साथ रहते हैं और आपके साथ कुछ भी गलत होने की संभावना नहीं है, सिवाय आपकी अपनी प्रवृत्ति के। इन सब चीजों के बारे में तब तक सोचते रहिए, जब तक कि आपको इनका महत्त्व पूरी तरह समझ में न आ जाए। सोचिए कि यह ईश्वर

का रचा संसार है और इससे अच्छा और कोई संसार नहीं हो सकता; सोचिए कि वह इसे जैविक, सामाजिक और औद्योगिक विकास की प्रक्रियाओं द्वारा पूर्णता की राह पर इतनी दूर तक ले आया है तथा अभी और अधिक संपूर्णता व सामंजस्य की ओर अग्रसर है। सोचिए कि यहाँ शक्ति और जीवन का सिर्फ एक महान् सर्वश्रेष्ठ सिद्धांत है, जो ब्रह्मांड में होनेवाले सभी बदलावों और घटनाओं के लिए जिम्मेदार होता है। इन सब बिंदुओं पर विचार कीजिए, जब तक आपको यह सच न लगने लगे और जब तक आपको यह समझ में न आ जाए कि इस सर्वश्रेष्ठ ब्रह्मांड में आपको किस प्रकार का जीवन जीना चाहिए और कैसे कर्म करने चाहिए!

अब आप अपने अंदर मौजूद उस महान् बुद्धि रूप अद्‌भुत सत्य के बारे में विचार करिए; वह आपकी अपनी बुद्धि है। वह एक आंतरिक प्रकाश है, जो आपको सही बात, सर्वोत्तम वस्तु, महानतम कार्य और उच्चतम आनंद की ओर खींचता है। वह आपके अंदर की शक्ति का सिद्धांत है, जो आपको संपूर्ण क्षमता और योग्यता देता है।

अब आप अपने अंदर मौजूद उस महान् बुद्धि रूप अद्‌भुत सत्य के बारे में विचार करिए; वह आपकी अपनी बुद्धि है। वह एक आंतरिक प्रकाश है, जो आपको सही बात, सर्वोत्तम वस्तु, महानतम कार्य और उच्चतम आनंद की ओर खींचता है। वह आपके अंदर की शक्ति का सिद्धांत है, जो आपको संपूर्ण क्षमता और योग्यता देता है। यदि आप उसकी अधीनता स्वीकार करते हैं और उसके प्रकाश में आगे बढ़ते हैं तो वह बिना गलती किए आपको सर्वश्रेष्ठ की ओर ले जाएगा। विचार करिए कि आपके स्वयं से किए इस प्रतिष्ठापन का क्या अर्थ है?, जब आप कहते हैं, 'मैं अपनी अंतरात्मा की बात सुनूँगा', इस वाक्य में बहुत गहरा अर्थ है। यह एक साधारण व्यक्ति की प्रवृत्ति और व्यवहार में आमूल

परिवर्तन ला सकता है। फिर आप इस सर्वशक्तिमान से अपनी पहचान के बारे में मंथन करिए, सोचिए कि उसका संपूर्ण ज्ञान आपका है, उसकी सारी बुद्धिमत्ता आपकी है, यदि आप चाहें तो! यदि आप ईश्वर की तरह सोच सकते हैं तो आप भी ईश्वर हैं। यदि आप ईश्वर की तरह सोचते हैं तो निश्चित रूप से कार्य भी ईश्वर की तरह करेंगे। दिव्य विचार निश्चित रूप से एक दिव्य जीवन में बाह्य रूप से प्रकट होंगे। शक्ति से भरी सोच शक्ति से भरे जीवन पर आकर ही समाप्त होगी। महान् विचार एक महान् व्यक्तित्व में प्रकट होंगे।

इन सभी बातों के बारे में अच्छी तरह सोचिए और फिर आप कर्म करने के लिए तैयार होंगे।

□

14

घर में आपकी क्रियाएँ

सिर्फ यह मत सोचिए कि आप एक दिन महान् बनने वाले हैं; सोचिए कि आप अभी भी महान् हैं। यह मत सोचिए कि आप भविष्य में किसी समय महान् कार्य करेंगे; शुरुआत अभी कीजिए। यह मत सोचिए कि आप महान् तरीके से कार्य तब करेंगे, जब आप किसी अलग वातावरण में होंगे; आप जहाँ भी अभी हैं, वहीं से अच्छे कार्य करने शुरू कर दीजिए। यह मत सोचिए कि आप महान् तरीके से काम करना तब शुरू करेंगे, जब आपका महान् चीजों से सरोकार होगा; छोटी चीजों से ही महान् तरीके से सरोकार रखना शुरू कर दीजिए। यह मत सोचिए कि आप महानता तब प्राप्त करेंगे, जब आप ज्यादा बुद्धिमान लोगों के बीच रहेंगे या उन लोगों के बीच रहेंगे, जो आपको बेहतर ढंग से समझते हैं। आप उन्हीं लोगों के साथ बेहतर व्यवहार कीजिए, जो अभी आपके आसपास हैं।

यदि आप ऐसे माहौल में नहीं हैं, जहाँ आपकी शक्ति और योग्यता के लिए पर्याप्त अवसर हों तो आप उचित समय आने पर वहाँ से कहीं और जा सकते हैं; लेकिन तब तक आप जहाँ भी हैं, वहाँ अच्छे कार्य करते रहिए। अब्राहम लिंकन एक वकील के रूप में भी उतने ही महान् थे, जितने राष्ट्रपति के रूप में। एक वकील के रूप में उन्होंने साधारण

कार्य असाधारण तरीके से किए और उन कार्यों की वजह से उन्हें राष्ट्रपति के रूप में चुन लिया गया। यदि उन्होंने महान् बनने के लिए वॉशिंगटन पहुँचने का इंतजार किया होता तो वे लोगों के लिए अनजान ही रह जाते। आप उस स्थान की वजह से महान् नहीं बनते, जहाँ आप होते हैं, न ही उन चीजों की वजह से, जिनसे आप घिरे होते हैं। आप उन चीजों के कारण महान् नहीं बनते, जो आपको दूसरों से प्राप्त होती हैं और आपकी महानता प्रकट नहीं होगी, जब तक आप दूसरों पर निर्भर रहते हैं। आपकी महानता तभी प्रकट होगी, जब आप अकेले, अपने बल पर खड़े होंगे। बाह्य चीजों पर भरोसा करने का विचार त्याग दीजिए, चाहे वे वस्तुएँ हों, पुस्तकें हों या लोग हों, जैसा कि एमर्सन ने कहा था—शेक्सपियर के बारे में पढ़ने से शेक्सपियर नहीं बना जा सकता। शेक्सपियर बना जा सकता है, शेक्सपियर की तरह सोचने से।

> ***आपकी महानता तभी प्रकट होगी, जब आप अकेले, अपने बल पर खड़े होंगे। बाह्य चीजों पर भरोसा करने का विचार त्याग दीजिए, चाहे वे वस्तुएँ हों, पुस्तकें हों या लोग हों, जैसा कि एमर्सन ने कहा था—शेक्सपियर के बारे में पढ़ने से शेक्सपियर नहीं बना जा सकता। शेक्सपियर बना जा सकता है, शेक्सपियर की तरह सोचने से।***

इस बात की परवाह मत कीजिए कि आपके आसपास के लोग, जिनमें आपके अपने घर के लोग भी शामिल हैं, आपके साथ कैसा बरताव करते हैं? इस बात का आपके महान् बनने से कोई सरोकार नहीं है; इसका मतलब, उनका बरताव आपको महान् बनने से नहीं रोक सकता। लोग आपकी उपेक्षा कर सकते हैं और आपके प्रति उनका व्यवहार रूखा व द्वेषपूर्ण हो सकता है। क्या उनका यह बरताव आपको उनके प्रति अच्छा व्यवहार करने से रोकता है? जीसस ने कहा था, आपका

परमपिता अकृतज्ञ और दुष्ट लोगों से भी प्रेम करता है। क्या ईश्वर महान् होता, यदि वह लोगों से मुँह मोड़ लेता और नाराज हो जाता, क्योंकि लोग उसके प्रति अकृतज्ञ थे और उसकी प्रशंसा नहीं कर रहे थे ? दुष्ट और स्वार्थी लोगों से भी प्रेमपूर्ण व अच्छा व्यवहार कीजिए, जैसा ईश्वर करता है। अपनी महानता के बारे में बात मत करिए। वास्तव में, स्वभाव से, आप अपने आसपास के लोगों से अधिक महान् नहीं हैं। हो सकता है, आपने एक विशेष प्रकार की जीवन-शैली और सोच अपना ली हो, जो दूसरों ने न अपनाई हो; लेकिन फिर भी, वे अपनी सोच और कार्यशैली के अनुसार श्रेष्ठ हैं। आप अपनी महानता के लिए किसी विशेष सम्मान के अधिकारी नहीं हैं।

आप एक देवता हैं, लेकिन कई देवताओं में से एक हैं। आप घमंडी प्रवृत्ति के व्यक्तियों की श्रेणी में आ जाएँगे, यदि आप दूसरों की कमजोरियों व असफलताओं पर ध्यान देंगे और उनकी तुलना अपने गुणों एवं उपलब्धियों से करेंगे और यदि आप घमंडी प्रवृत्ति को अपना लेंगे तो आप महान् नहीं रह जाएँगे, बल्कि तुच्छ मानसिकता के व्यक्ति हो जाएँगे। स्वयं को श्रेष्ठ मानवों के बीच रहनेवाले एक श्रेष्ठ मानव के रूप में देखिए और प्रत्येक मनुष्य को अपने बराबर का समझिए, अपने से उच्च स्तर या निम्न स्तर का नहीं। अपनी अकड़ में मत रहिए; महान् व्यक्ति ऐसा कभी नहीं करते।

आप एक देवता हैं, लेकिन कई देवताओं में से एक हैं। आप घमंडी प्रवृत्ति के व्यक्तियों की श्रेणी में आ जाएँगे, यदि आप दूसरों की कमजोरियों व असफलताओं पर ध्यान देंगे और उनकी तुलना अपने गुणों एवं उपलब्धियों से करेंगे और यदि आप घमंडी प्रवृत्ति को अपना लेंगे तो आप महान् नहीं रह जाएँगे, बल्कि तुच्छ मानसिकता के व्यक्ति हो जाएँगे।

अपने लिए कोई सम्मान मत माँगिए और अपने लिए किसी विशेष पहचान की आकांक्षा मत रखिए। यदि आप सम्मान और पहचान के हकदार हैं तो दोनों चीजें आपको जल्दी ही मिल जाएँगी।

शुरुआत अपने घर से कीजिए। वह व्यक्ति महान् होता है, जो अपने घर में हमेशा संतुलित, आश्वस्त एवं शांत रहता है और जिसका व्यवहार करुणा व समझदारी से भरा होता है। यदि अपने परिवार के बीच आपका व्यवहार और दृष्टिकोण आपके विचार से बिल्कुल सही रहता है तो जल्दी ही आप परिवार के ऐसे सदस्य बन जाएँगे, जिस पर सब भरोसा करेंगे। संकट या परेशानी के समय आप उनके लिए शक्ति और भरोसे का संबल होंगे। आपको सबका प्रेम भी मिलेगा और सराहना भी; लेकिन ऐसे समय आप स्वयं को सबकी सेवा के लिए पूरी तरह समर्पित करने की गलती मत करिएगा। एक महान् व्यक्ति खुद का सम्मान करता है; वह सेवा भी करता है और सहायता भी, लेकिन आत्मसम्मान की कीमत पर किसी की गुलामी नहीं करता। आप अपने परिवार की सहायता उनकी गुलामी करके नहीं कर सकते, न ही उनके लिए वह काम करके कर सकते हैं, जो वास्तव में उन्हें खुद ही करने चाहिए। एक प्रकार से आप सामनेवाले को चोट पहुँचाते हैं, जब आप हर समय उसकी सेवा के लिए तत्पर रहते हैं। स्वार्थी और हर समय कोई-न-कोई माँग करनेवाले

संकट या परेशानी के समय आप उनके लिए शक्ति और भरोसे का संबल होंगे। आपको सबका प्रेम भी मिलेगा और सराहना भी; लेकिन ऐसे समय आप स्वयं को सबकी सेवा के लिए पूरी तरह समर्पित करने की गलती मत करिएगा। एक महान् व्यक्ति खुद का सम्मान करता है; वह सेवा भी करता है और सहायता भी, लेकिन आत्मसम्मान की कीमत पर किसी की गुलामी नहीं करता।

व्यक्तियों के लिए यही बेहतर होता है कि उनकी माँगें ठुकराई जाएँ। एक आदर्श संसार वह नहीं होता, जहाँ ऐसे बहुत से लोग हों, जिनकी सेवा के लिए हर समय दूसरे तत्पर रहते हों। आदर्श संसार वह होता है, जहाँ हर व्यक्ति अपना काम स्वयं करे। घरवालों की माँगों को, चाहे वे स्वार्थपूर्ण हों या साधारण, पूरे दया-भाव के साथ और ध्यानपूर्वक सुनिए; लेकिन अपने परिवार के किसी भी सदस्य की इच्छा, सनक, माँग या बिना आवश्यकता सेवा करवाने की प्रवृत्ति के आगे झुकिए मत। ऐसा करना कोई महानता का काम नहीं है और यह सामनेवाले के हित में नहीं होता।

> ***अपने परिवार के किसी भी सदस्य की गलती या असफलता पर असहजता मत महसूस करिए, न ही हस्तक्षेप करने का विचार मन में लाइए। दूसरों की गलतियों से परेशान होकर ऐसा मत सोचिए कि आपको बीच में पड़कर सब ठीक करना चाहिए। याद रखिए कि प्रत्येक व्यक्ति अपने आप में सही है। आप ईश्वर की रचना में सुधार नहीं कर सकते।***

अपने परिवार के किसी भी सदस्य की गलती या असफलता पर असहजता मत महसूस करिए, न ही हस्तक्षेप करने का विचार मन में लाइए। दूसरों की गलतियों से परेशान होकर ऐसा मत सोचिए कि आपको बीच में पड़कर सब ठीक करना चाहिए। याद रखिए कि प्रत्येक व्यक्ति अपने आप में सही है। आप ईश्वर की रचना में सुधार नहीं कर सकते। दूसरों की आदतों और क्रियाओं में दखल मत दीजिए, भले ही वे आपके कितने भी निकट और प्रिय हों! आपको इन सब बातों से कोई मतलब नहीं होना चाहिए। आपके व्यक्तिगत दृष्टिकोण के सिवाय कुछ भी गलत नहीं हो सकता; उसको ठीक रखिए तो आपको सबकुछ ठीक लगेगा। आप सही मायनों में महान् तब कहलाएँगे, जब आप उन लोगों के साथ रहेंगे, जो ऐसी चीजें करते हों, जो आप नहीं करते, फिर भी आप उनकी आलोचना

या उनके कामों में हस्तक्षेप नहीं करेंगे।

ऐसे काम करिए, जिन्हें करना आपके लिए सही हो और मान लीजिए कि आपके परिवार के सभी सदस्य वही करते हैं, जो उनके लिए सही होता है।

किसी भी इनसान में और किसी भी चीज में कोई बुराई नहीं होती। ध्यान से देखिए, सबकुछ बहुत अच्छा है। किसी के भी वश में मत रहिए, लेकिन इस बात का भी ध्यान रखिए कि आप किसी पर सही-गलत की अपनी धारणा न थोपें। विचार करिए, निरंतर और गहराई से विचार करिए; अपने दया-भाव और सेवा-भाव में श्रेष्ठ रहिए; अपने दृष्टिकोण को अनेक देवताओं के बीच एक देवता जैसा रखिए, तुच्छ प्राणियों के बीच एक देवता जैसा नहीं। यही तरीका है अपने स्वयं के घर में महान् बनकर रहने का।

□

15

घर से बाहर की क्रियाएँ

घर में कार्य करने के लिए जो नियम लागू होते हैं, वे घर से बाहर भी हर जगह लागू होने चाहिए। एक पल के लिए भी इस बात को मत भूलिए कि यह एक श्रेष्ठ संसार है और आप कई देवताओं के बीच स्वयं एक देवता हैं। आप उस महानतम जितने महान् हैं, लेकिन अन्य सभी मनुष्य भी आपके समकक्ष हैं।

सत्य की अपनी धारणा पर अटूट विश्वास रखिए। अपने अंतर के प्रकाश पर तर्क से अधिक भरोसा करिए; लेकिन यह निश्चित कर लीजिए कि आपका ज्ञान आपके अंतर के प्रकाश से आ रहा है। शांत और संतुलित व्यवहार करिए; स्थिरचित्त होकर ईश्वर का ध्यान कीजिए। सर्वशक्तिमान के साथ आपका तादात्म्य आपको वह सारा ज्ञान देगा, जिसकी आपको अपने या दूसरों के जीवन में आनेवाली किसी भी अनिश्चितता की स्थिति का सामना करते समय आवश्यकता हो सकती है। सिर्फ यह जरूरी है कि आप पूर्ण रूप से शांत रहें और अपने अंदर के अनंत ज्ञान पर भरोसा रखें। यदि आप संतुलित आचरण और विश्वास बनाए रखेंगे तो आपके लिए निर्णय हमेशा सही होंगे और आपको सदैव पता होगा कि आपको क्या करना है! जल्दबाजी और व्यग्रता से काम न लें; याद करें कि विश्वयुद्ध के मुश्किल दिनों में लिंकन का आचरण

कैसा था! जेम्स फ्रीमैन क्लार्क बताते हैं कि फ्रेडरिक्सबर्ग की लड़ाई के बाद लिंकन ने अकेले ही देश को उम्मीद और विश्वास की किरण दिखाई थी। देश के कोने-कोने से आए सैकड़ों व्यक्ति दुःख व निराशा लेकर उनके कक्ष में जाते थे और जब बाहर आते थे तो उनके चेहरों पर खुशी व उम्मीद की चमक होती थी। वे सब सर्वशक्तिमान के सामने खड़े थे और उन्होंने उस दुबले-पतले, कुरूप, किंतु धैर्यवान् इनसान के रूप में ईश्वर को देखा था, हालाँकि वे यह बात जानते नहीं थे।

स्वयं पर और किसी भी प्रकार की परिस्थिति का सामना करने की अपनी क्षमता पर पूर्ण विश्वास रखिए। यदि आप अकेले हैं तो भी परेशान न हों। यदि आपको मित्रों की आवश्यकता होगी तो वे आपके पास सही समय पर पहुँच जाएँगे। यदि आपको लगता है कि आप किसी बात से अनजान हैं तो भी परेशान न हों; जिस जानकारी की आपको आवश्यकता है, वह आपको उचित समय पर मिल जाएगी। आपके अंदर की वह शक्ति, जो आपको आगे बढ़ने के लिए प्रेरित करती है, वही शक्ति उन चीजों और लोगों को भी आपकी ओर बढ़ने के लिए प्रेरित करती है। यदि आपके लिए किसी खास व्यक्ति से मिलना जरूरी है तो उसका आपसे परिचय हो जाएगा; यदि आपको किसी खास पुस्तक को पढ़ने की आवश्यकता है तो सही समय

स्वयं पर और किसी भी प्रकार की परिस्थिति का सामना करने की अपनी क्षमता पर पूर्ण विश्वास रखिए। यदि आप अकेले हैं तो भी परेशान न हों। यदि आपको मित्रों की आवश्यकता होगी तो वे आपके पास सही समय पर पहुँच जाएँगे। यदि आपको लगता है कि आप किसी बात से अनजान हैं तो भी परेशान न हों; जिस जानकारी की आपको आवश्यकता है, वह आपको उचित समय पर मिल जाएगी।

पर वह आपके हाथों में आ जाएगी। जितनी भी जानकारी की आपको आवश्यकता है, वह आपके पास बाह्य और आंतरिक—दोनों स्रोतों से पहुँच रही है। आपकी जानकारी और आपकी योग्यता हमेशा अवसर की आवश्यकता के अनुकूल रहेंगी। याद रखिए कि जीसस ने अपने शिष्यों से कहा था कि वे जज के सामने यह सोचकर परेशान न हों कि उन्हें क्या कहना चाहिए और क्या नहीं; वे जानते थे कि उनके शिष्यों में उस समय की आवश्यकता के अनुरूप पर्याप्त शक्ति है। जैसे ही आप जाग्रत् होते हैं और अपनी इंद्रियों का इस्तेमाल महान् तरीके से करने लगते हैं, आपके मस्तिष्क का भी विकास होने लगता है, नवीन कोशिकाएँ उत्पन्न होने लगती हैं एवं मृत कोशिकाएँ तेजी से सक्रिय होने लगती हैं और आपका मस्तिष्क आपकी बुद्धि के लिए एक श्रेष्ठ यंत्र की अर्हता प्राप्त कर लेता है।

महान् कार्य करने का प्रयास तब तक मत करिए, जब तक आप उन्हें महान् तरीके से करने के लिए तैयार न हो जाएँ। यदि आप असाधारण कार्यों को तुच्छ तरीके से करेंगे, यानी छोटी विचारधारा के साथ या अधूरे प्रतिष्ठापन और ढुलमुल विश्वास एवं साहस के साथ करेंगे तो आपको सफलता नहीं मिलेगी।

महान् कार्य करने का प्रयास तब तक मत करिए, जब तक आप उन्हें महान् तरीके से करने के लिए तैयार न हो जाएँ। यदि आप असाधारण कार्यों को तुच्छ तरीके से करेंगे, यानी छोटी विचारधारा के साथ या अधूरे प्रतिष्ठापन और ढुलमुल विश्वास एवं साहस के साथ करेंगे तो आपको सफलता नहीं मिलेगी। महान् कार्य करने की जल्दबाजी मत करिए। बड़े-बड़े काम करके आप महान् नहीं बन जाएँगे, बल्कि महान् बनकर आप अवश्य बड़े-बड़े काम कर पाएँगे। आप जहाँ भी हैं, उसी स्थान पर और जो काम आप दैनिक जीवन में करते हैं, उन्हीं कामों में महानता प्राप्त करने का

प्रयास करिए। स्वयं को एक महान् व्यक्तित्व के रूप में पहचान दिलाने की जल्दी मत करिए। यदि इस पुस्तक में दिए गए निर्देशों का पालन करने के एक माह बाद भी आपको लोग एक महान् व्यक्तित्व के रूप में नहीं पहचानते तो निराश होने की आवश्यकता नहीं है। महान् लोग पहचान और सराहना पाने के लिए कोई काम नहीं करते। वे इसलिए महान् नहीं बनते, क्योंकि उन्हें उसकी कीमत चाहिए होती है। उनकी महानता ही उनके लिए पुरस्कार-स्वरूप होती है; कुछ बन पाने की खुशी और यह एहसास कि वह प्रगति कर रहा है, किसी भी व्यक्ति के लिए सबसे बड़ी उपलब्धि है।

महान् लोग पहचान और सराहना पाने के लिए कोई काम नहीं करते। वे इसलिए महान् नहीं बनते, क्योंकि उन्हें उसकी कीमत चाहिए होती है। उनकी महानता ही उनके लिए पुरस्कार-स्वरूप होती है; कुछ बन पाने की खुशी और यह एहसास कि वह प्रगति कर रहा है, किसी भी व्यक्ति के लिए सबसे बड़ी उपलब्धि है।

यदि आप अपने परिवार से शुरुआत करेंगे, जैसा कि पिछले अध्याय में बताया गया है और फिर वही मानसिक प्रवृत्ति अपने पड़ोसियों, मित्रों एवं सहयोगियों के प्रति अपनाएँगे तो आप जल्दी ही महसूस करने लगेंगे कि लोग आप पर निर्भर होने लगे हैं। लोग आपसे सलाह माँगेंगे, निरंतर बढ़ती संख्या में लोग आपसे हिम्मत और प्रेरणा लेंगे और आपके निर्णय पर भरोसा करेंगे।

यहाँ भी, जैसा आप अपने घर में करते हैं, आपको दूसरों के मामले में दखल देने से बचना चाहिए। जो भी आपके पास आए, उसकी मदद कीजिए; लेकिन जबरदस्ती दूसरों की समस्याओं का समाधान करने का प्रयास मत कीजिए। अपने काम से काम रखिए। दूसरों को नैतिकता सिखाना, उनकी आदतें और प्रवृत्ति सुधारना आपके जीवन का ध्येय

नहीं है। एक महान् जीवन जिएँ, हर कार्य महान् भावना से और महान् तरीके से करें; कोई आपसे कुछ माँगे तो उतनी ही आसानी से दें, जितनी आसानी से आपको मिला है; लेकिन किसी पर अपनी मदद या अपने विचार थोपने का प्रयास न करें। यदि आपका पड़ोसी सिगरेट या शराब पीना चाहता है तो यह उसका निजी मामला है। इस बात से आपका कोई लेना-देना नहीं है, जब तक कि वह स्वयं आपसे इस विषय पर सलाह न माँगे। यदि आप एक महान् जीवन जीते हैं और किसी को बिना माँगे उपदेश नहीं देते तो आप उस व्यक्ति से हजार गुना अधिक आत्माओं का भला करेंगे, जो एक साधारण जीवन जीता है और निरंतर उपदेश देता रहता है।

यदि आप संसार के प्रति एक सही दृष्टिकोण रखेंगे तो लोगों को जल्दी ही पता चल जाएगा और वे आपके दैनिक आचरण एवं क्रियाओं से प्रभावित होने लगेंगे। दूसरों का दृष्टिकोण बदलकर अपनी तरह करने का प्रयास न करें; बस, आप स्वयं उसे थामकर रखें और उसी के अनुसार अपना जीवन जीते रहें। यदि आपका प्रतिष्ठापन श्रेष्ठतम है तो आपको किसी को बताने की आवश्यकता नहीं है।

यदि आप संसार के प्रति एक सही दृष्टिकोण रखेंगे तो लोगों को जल्दी ही पता चल जाएगा और वे आपके दैनिक आचरण एवं क्रियाओं से प्रभावित होने लगेंगे। दूसरों का दृष्टिकोण बदलकर अपनी तरह करने का प्रयास न करें; बस, आप स्वयं उसे थामकर रखें और उसी के अनुसार अपना जीवन जीते रहें। यदि आपका प्रतिष्ठापन श्रेष्ठतम है तो आपको किसी को बताने की आवश्यकता नहीं है। यह तथ्य जल्दी ही सबके सामने प्रकट हो जाएगा कि आप एक साधारण पुरुष या स्त्री की तुलना में ज्यादा ऊँचे सिद्धांतों का पालन करते हैं। यदि ईश्वर के साथ आपका पूर्ण तादात्म्य स्थापित हो चुका है तो आपको यह तथ्य

भी लोगों को समझाने की आवश्यकता नहीं है; यह स्वतः ही सिद्ध हो जाएगा। एक महान् व्यक्तित्व के रूप में पहचान बनाने के लिए आपको कुछ नहीं करना है, सिर्फ अपना जीवन जीते रहना है। यह मत सोचिए कि आपको डॉन क्विक्सो की तरह पूरी दुनिया पर हमला करना है, पवन-चक्कियों को झुकाना है और हर चीज को उलट-पलटकर देना है, सिर्फ यह दिखाने के लिए कि आप कुछ हैं। बड़े काम करने के लिए भटकने की आवश्यकता नहीं है। जहाँ आप हैं, उसी स्थान पर और जो काम आप दैनिक जीवन में करते हैं, उन्हीं में अपना सर्वश्रेष्ठ देने का प्रयास करिए, बड़े-बड़े काम स्वतः आपको ढूँढ़ लेंगे। बड़े काम आपके पास अपने आप आ जाएँगे—आपके द्वारा पूर्ण होने के लिए।

मनुष्य के महत्त्व और मूल्य से इतने प्रभावित रहिए कि आपका व्यवहार एक भिखारी या एक आवारा आदमी के प्रति भी प्रेम और सद्‌भावना से भरा हो। सब में ईश्वर है। प्रत्येक स्त्री व पुरुष अपने आप में श्रेष्ठ है। अपना बरताव ऐसा रखिए, जैसे एक देवता दूसरे देवताओं के साथ रखता है। अपना पूरा ध्यान निर्धनों के लिए बचाकर मत रखिए; एक करोड़पति भी एक आवारा इनसान के समान ही होता है। यह संसार अपने श्रेष्ठतम रूप में है और यहाँ ऐसा कोई व्यक्ति या वस्तु नहीं है, जो सर्वश्रेष्ठ न हो; इस बात को लोगों या चीजों से संपर्क स्थापित करते समय हमेशा याद रखिए।

मनुष्य के महत्त्व और मूल्य से इतने प्रभावित रहिए कि आपका व्यवहार एक भिखारी या एक आवारा आदमी के प्रति भी प्रेम और सद्‌भावना से भरा हो। सब में ईश्वर है। प्रत्येक स्त्री व पुरुष अपने आप में श्रेष्ठ है। अपना बरताव ऐसा रखिए, जैसे एक देवता दूसरे देवताओं के साथ रखता है।

अपनी खुद की मानसिक छवि बहुत ध्यान से बनाएँ। आप जो

बनना चाहते हैं, अपने मन में बिल्कुल वैसी ही छवि बनाएँ और इस विश्वास के साथ उसको थामकर रखें कि वह सच हो रही है और अपने सामने उसको पूर्ण रूप से साकार करने का लक्ष्य रखें। प्रत्येक सामान्य कार्य भी ऐसे करें, जैसे एक दिव्य पुरुष को करना चाहिए; प्रत्येक शब्द ऐसा बोलें, जैसे कोई देवता बोल रहा हो; उच्च स्तर के और निम्न स्तर के सभी स्त्री-पुरुषों से ऐसे मिलें, जैसे एक देवता अन्य दिव्यात्माओं से मिलता है। ऐसी ही शुरुआत करें और इसी प्रकार आगे बढ़ते रहें तो निश्चित है कि आपकी शक्ति एवं योग्यता शीघ्रता से और असाधारण तरीके से सबके सामने प्रकट होने लगेगी।

□

16

कुछ और स्पष्टीकरण

यहाँ हम दृष्टिकोण के बिंदु पर वापस लौट रहे हैं, क्योंकि आवश्यक रूप से महत्त्वपूर्ण होने के साथ-साथ यही वह चीज है, जो एक छात्र को सबसे ज्यादा परेशान कर सकती है। हम आंशिक रूप से गलतफहमी के शिकार ऐसे धार्मिक गुरुओं द्वारा शिक्षित किए गए हैं, जिनकी दृष्टि में यह संसार एक बरबाद हो चुके जहाज की भाँति है, जिसे तूफान ने एक पथरीले तट पर ला पटका है; अंत में जिसका संपूर्ण विनाश होना निश्चित है और जिसमें से बहुत प्रयास करने के बाद भी सिर्फ कुछ नाविकों को ही बचाया जा सकता है। यह दृष्टिकोण हमें सिखाता है कि संसार निश्चित रूप से बुरी स्थिति में है और इससे भी बुरी स्थिति की ओर अग्रसर है और हमें यह विश्वास भी दिलाता है कि वर्तमान विसंगतियाँ एवं विरोधाभास यूँ ही चलते रहेंगे और अंत आते-आते और बढ़ जाएँगे। यह दृष्टिकोण समाज, शासन और इनसानियत के प्रति हमारी उम्मीद को खत्म कर देता है और हमें एक नकारात्मक नजरिया व संकुचित सोच देता है।

ये सारी बातें गलत हैं। संसार बरबाद नहीं हो रहा है। यह तो एक शानदार स्टीमर की तरह है, जिसके सभी इंजन अपनी जगह पर हैं और कल-पुरजे उत्तम स्थिति में हैं। बंकर कोयले से भरे हुए हैं और

जहाज में क्रूज के लिए पर्याप्त रसद है; किसी भी अच्छी चीज की कोई कमी नहीं है। सर्वज्ञानी ने जितने भी प्रावधान किए हैं, वे सभी क्रूज की सुरक्षा, आराम और सुख-सुविधा के लिए उपलब्ध हैं। जहाज अबाध समुद्र में इधर-उधर दिशाहीन-सा इसलिए डोल रहा है, क्योंकि अभी तक किसी ने उसको सही रास्ते पर ले जाने का तरीका नहीं सीखा है। हम वह तरीका सीख रहे हैं और समय आने पर हम शानदार तरीके से श्रेष्ठतम समरसता के बंदरगाह में पहुँच जाएँगे।

> ***यदि आप संसार के प्रति एक सही दृष्टिकोण रखेंगे तो लोगों को जल्दी ही पता चल जाएगा और वे आपके दैनिक आचरण एवं क्रियाओं से प्रभावित होने लगेंगे। दूसरों का दृष्टिकोण बदलकर अपनी तरह करने का प्रयास न करें; बस, आप स्वयं उसे थामकर रखें और उसी के अनुसार अपना जीवन जीते रहें। यदि आपका प्रतिष्ठापन श्रेष्ठतम है तो आपको किसी को बताने की आवश्यकता नहीं है।***

संसार अच्छा है और बेहतर होता जा रहा है। मौजूदा विसंगतियाँ और सामंजस्य की कमी तो सिर्फ हमारे द्वारा जहाज के गलत परिचालन से उपजी हैं; ये सब समय आने पर दूर हो जाएँगी। यह दृष्टिकोण हमें सकारात्मक नजरिया और विस्तृत सोच देता है; यह हमें समाज के और स्वयं के बारे में बड़ा और अच्छा सोचने में तथा अपने कार्य महान् तरीके से करने में सहायता करता है।

इसके अलावा, हम देख रहे हैं कि ऐसे संसार या उसके किसी भी हिस्से में कुछ भी गलत नहीं हो सकता, हमारी अपनी क्रियाओं में भी नहीं। यदि सबकुछ पूर्णता की ओर बढ़ रहा है, तब कुछ गलत नहीं हो रहा है और चूँकि हमारे निजी मामले भी इन सबका ही एक हिस्सा हैं, इसलिए इनमें भी कुछ गलत नहीं हो सकता। आप और वे सब चीजें, जिनसे आपको मतलब है, पूर्णता की ओर बढ़

रही हैं। इस प्रगति को स्वयं आपके अलावा और कोई नहीं रोक सकता और आप इसे सिर्फ एक ऐसा मानसिक दृष्टिकोण अपनाकर रोक सकते हैं, जो ईश्वर के मन के विरुद्ध हो। आपको सिर्फ स्वयं को सही राह पर रखना है और किसी चीज को नहीं; यदि आप अपना दृष्टिकोण सही रखेंगे तो आपके साथ कुछ गलत होने की संभावना नहीं रहेगी और आपके पास डरने का कोई कारण नहीं रहेगा। कोई विपत्ति या परेशानी आपके पास नहीं आ सकती, यदि आपका व्यक्तिगत दृष्टिकोण सही रहेगा; क्योंकि आप उस संसार का हिस्सा हैं, जो बढ़ रहा है और प्रगति कर रहा है और आपको भी उसके साथ बढ़ना चाहिए और प्रगति करनी चाहिए।

कोई विपत्ति या परेशानी आपके पास नहीं आ सकती, यदि आपका व्यक्तिगत दृष्टिकोण सही रहेगा; क्योंकि आप उस संसार का हिस्सा हैं, जो बढ़ रहा है और प्रगति कर रहा है और आपको भी उसके साथ बढ़ना चाहिए और प्रगति करनी चाहिए।

इसके अतिरिक्त, आपकी विचारधारा भी ब्रह्मांड के प्रति आपके दृष्टिकोण के अनुसार आकार लेगी। यदि आप संसार को एक बरबाद हो चुकी, राह से भटकी चीज के रूप में देखेंगे तो आप स्वयं को भी उसके एक हिस्से के रूप में देखेंगे और उसके पापों व कमजोरियों का साझीदार समझेंगे। यदि संसार के प्रति आपका सामान्य दृष्टिकोण निराशाजनक होगा तो स्वयं के प्रति भी आशाजनक नहीं होगा। यदि आप संसार को उसके अंत की ओर अग्रसर होता देख रहे हैं तो आप स्वयं को भी प्रगति करता नहीं देख सकते। जब तक आप ईश्वर की प्रत्येक रचना के बारे में अच्छा नहीं सोचेंगे, तब तक आप अपने बारे में भी अच्छा नहीं सोच सकते और जब तक आप अपने बारे में अच्छा नहीं सोचेंगे, आप महान् नहीं बन पाएँगे।

मैं फिर कहता हूँ कि जीवन में आपका स्थान, आपके भौतिक

परिवेश सहित, उस विचारधारा से निश्चित होता है, जो स्वभावत: आपके साथ होती है। जब आप अपने बारे में कोई धारणा बनाते हैं तो आपके मन में उसी के अनुरूप एक परिवेश भी आकार ले लेता है। यदि आप अपने आपको एक अयोग्य व अक्षम व्यक्ति के रूप में देखेंगे तो आप खुद को दरिद्रता से भरे, निम्न परिवेश में देखेंगे। जब तक आप अपने बारे में बड़ा नहीं सोचेंगे, यह निश्चित है कि आप अपनी कल्पना गरीबी से त्रस्त माहौल में करेंगे। ये विचार, जो आपके मन में स्वभावत: आते रहते हैं, आपके आसपास अदृश्य रूप में मँडराने लगते हैं और हमेशा आपके साथ रहते हैं। समय आने पर, अनंत रचनात्मक शक्ति की नियमित क्रियाओं द्वारा, ये अदृश्य विचार भौतिक वस्तुओं में उत्पन्न होने लगते हैं और आपके अपने ही विचारों के भौतिक रूपों से घिर जाते हैं।

प्रकृति को एक महान् और प्रगतिशील उपस्थिति की तरह देखिए और मानव समाज को भी बिल्कुल उसी नजरिए से देखिए। ये सभी चीजें एक हैं, एक ही स्रोत से आ रही हैं और सब बहुत अच्छी हैं। आप भी उन्हीं तत्त्वों से बने हैं, जिनसे ईश्वर बना है। ईश्वर के सभी घटक आपके भी अंश हैं; ईश्वर की प्रत्येक शक्ति मनुष्य का एक घटक है। आप उसी प्रकार आगे बढ़ सकते हैं, जैसे आप ईश्वर को बढ़ते देखते हैं। आपके अंतर्मन में प्रत्येक शक्ति का स्रोत है।

□

17

विचार के बारे में कुछ और बातें

यहाँ हम विचार के बिंदु पर थोड़ा और ध्यान देंगे। जब तक आप अपने विचारों से महान् नहीं बनते, तब तक आप महानता प्राप्त नहीं कर सकते; इसलिए सबसे महत्त्वपूर्ण यह है कि आप सोचें।

जब तक आप अपनी आंतरिक दुनिया में महान् कार्य नहीं करेंगे, तब तक आप बाहरी दुनिया में महान् कार्य नहीं कर सकते और आप तब तक बड़ी चीजों के बारे में नहीं सोच सकते, जब तक आप सत्य के बारें में नहीं सोचेंगे, सच्चाई के बारे में नहीं सोचेंगे। बड़ी सोच रखने के लिए आपको पूर्ण रूप से ईमानदार होना पड़ेगा और ईमानदार होने के लिए आपको अपनी नीयत ठीक रखनी पड़ेगी। निष्ठाहीन और झूठी सोच कभी महान् नहीं हो सकती, चाहे वह कितनी भी तर्कसंगत व प्रभावशाली हो।

पहला और सबसे महत्त्वपूर्ण कदम है—मानवीय संबंधों की सच्चाई को तलाशना, यह जानना कि अन्य लोगों के लिए आपको कैसा होना चाहिए और अन्य लोगों को आपके लिए कैसा होना चाहिए? यह बात आपको एक सही विचारधारा की तलाश की ओर वापस ले जाती है। आपको जैविक और सामाजिक विकास के बारे में अध्ययन करना चाहिए।

डार्विन एवं वॉल्टर थॉमस मिल्स को पढ़िए और पढ़ने के साथ-साथ सोचिए; जो कुछ आपने पढ़ा है, उसके बारे में अच्छी तरह चिंतन करिए, जब तक आप मानवों और वस्तुओं के संसार को सही नजरिए से न देखने लगें। ईश्वर जो कर रहा है, उसके बारे में तब तक सोचिए, जब तक आप देखने न लगें कि वह क्या कर रहा है!

ईमानदार सोच आपको तभी मिल सकती है, जब आपका अपने अंदर स्थित उस उच्चतम शक्ति के साथ पूर्ण रूप से प्रतिष्ठापन होगा। जब तक आपको पता होगा कि आप अपने उद्देश्य के प्रति स्वार्थी हैं या आपके इरादों अथवा कर्मों में किसी प्रकार की बेईमानी या कुटिलता है, तब तक आपकी सोच गलत होगी और आपके विचारों में कोई शक्ति नहीं होगी।

आपका अगला कदम है—स्वयं को एक सही व्यक्तिगत मनोभाव में देखना। आपका दृष्टिकोण आपको बताएगा कि सही मनोभाव क्या है और अंतरात्मा की आवाज आपको उस मनोभाव में डाल देगी। ईमानदार सोच आपको तभी मिल सकती है, जब आपका अपने अंदर स्थित उस उच्चतम शक्ति के साथ पूर्ण रूप से प्रतिष्ठापन होगा। जब तक आपको पता होगा कि आप अपने उद्देश्य के प्रति स्वार्थी हैं या आपके इरादों अथवा कर्मों में किसी प्रकार की बेईमानी या कुटिलता है, तब तक आपकी सोच गलत होगी और आपके विचारों में कोई शक्ति नहीं होगी। उस तरीके के बारे में सोचिए, जिससे आप काम करते हैं; अपने इरादों, उद्देश्यों और क्रियाओं के बारे में तब तक सोचिए, जब तक आप आश्वस्त न हो जाएँ कि वे सही हैं।

ईश्वर के साथ अपनी संपूर्ण एकात्मकता का सत्य एक ऐसा सत्य है, जिसे कोई भी मनुष्य बिना गहरी और स्थिर सोच के समझ नहीं

सकता। सतही तौर पर तो कोई भी इस बात को स्वीकार कर सकता है, लेकिन उसके महत्त्वपूर्ण बोध को महसूस करना और समझना अलग बात है। अपने अंतर से बाहर निकलकर ईश्वर से मिलने के बारे में सोचना आसान है; लेकिन अपने अंतर में जाकर ईश्वर से मिलने के बारे में सोचना उतना आसान नहीं है; लेकिन ईश्वर है और अपनी आत्मा की पवित्रता में झाँककर आपका उससे आमना-सामना हो सकता है। यह एक अद्‌भुत बात है; यह तथ्य कि जो कुछ भी आपको चाहिए, वह पहले से ही आपके अंदर है; यह तथ्य कि आपको सोचने की आवश्यकता नहीं है कि जो आप करना चाहते हैं या जो आप बनना चाहते हैं, उसके लिए शक्ति आपको कहाँ से मिलेगी!

आपको सिर्फ यह सोचना है कि जो शक्ति आपके पास है, उसका सही उपयोग कैसे करें; और आपको कुछ और नहीं, सिर्फ शुरुआत करनी है। सत्य की अपनी समझ का इस्तेमाल कीजिए; आप आज भी कोई सत्य देख सकते हैं, उसका भरपूर उपयोग कीजिए और कल आपके सामने और सत्य आएँगे।

आपको सिर्फ यह सोचना है कि जो शक्ति आपके पास है, उसका सही उपयोग कैसे करें; और आपको कुछ और नहीं, सिर्फ शुरुआत करनी है। सत्य की अपनी समझ का इस्तेमाल कीजिए; आप आज भी कोई सत्य देख सकते हैं, उसका भरपूर उपयोग कीजिए और कल आपके सामने और सत्य आएँगे।

अपने आपको पुराने, संकीर्ण विचारों से मुक्त करने के लिए आपको मनुष्य के महत्त्व के बारे में काफी सोचना पड़ेगा। मनुष्य की आत्मा की महानता और अहमियत के बारे में सोचना पड़ेगा। आपको मनुष्य की गलतियों को देखना छोड़कर उसकी सफलताओं

की ओर ध्यान देना पड़ेगा, दोष निकालना छोड़कर गुणों को देखना पड़ेगा। अब आप स्त्रियों व पुरुषों को भटके हुए, बरबाद हो चुके जीवों की भाँति नहीं समझ सकते, जिनका नरक की ओर पतन हो रहा है। आपको उन्हें ऐसी शुभ्र, रोशन आत्माओं की तरह देखना है, जो स्वर्ग की ओर बढ़ रही हैं। ऐसा करने के लिए आपको अपने आत्मबल का प्रयोग करना पड़ेगा; लेकिन यही आपकी इच्छा-शक्ति का उचित उपयोग है। यह निर्णय लेना कि आप किस चीज के बारे में सोचेंगे और कैसे सोचेंगे!

इच्छा का सीधा संबंध सोच से है। लोगों की अच्छी बातों के बारे में सोचिए, उनके खूबसूरत व आकर्षक गुणों के बारे में सोचिए और अपनी इच्छा को उनके संबंध में और कुछ भी मत सोचने दीजिए।

इच्छा का सीधा संबंध सोच से है। लोगों की अच्छी बातों के बारे में सोचिए, उनके खूबसूरत व आकर्षक गुणों के बारे में सोचिए और अपनी इच्छा को उनके संबंध में और कुछ भी मत सोचने दीजिए।

मैं यूजीन वी. डेब्स के अलावा, जो अमेरिका के राष्ट्रपति पद के चुनावों में दो बार सोशलिस्ट पार्टी के उम्मीदवार थे और मैं ऐसे किसी और व्यक्ति को नहीं जानता, जिसने इस बिंदु पर इतना कुछ हासिल किया हो। मि. डेब्स मानवता के पुजारी हैं। मदद के लिए उनसे की गई प्रार्थना कभी व्यर्थ नहीं जाती। उनके मुँह से कभी भी किसी के लिए द्वेषपूर्ण या आपत्तिजनक शब्द नहीं निकलते। आप उनके सामने आने पर कभी भी अपने प्रति उनकी व्यक्तिगत व प्रेमपूर्ण दिलचस्पी का एहसास किए बिना नहीं रह सकते। प्रत्येक व्यक्ति को, चाहे वह कोई करोड़पति हो, मैला-कुचैला मजदूर हो या परिश्रम से थकी हुई कोई स्त्री—उनसे एक जैसा सच्चा, निष्कपट और उत्साह से भरा स्नेह मिलता है। यदि

सड़क पर कोई फटे-पुराने कपड़े पहने हुए बच्चा भी उन्हें पुकारता है तो वे तुरंत उसे प्रेम से जवाब देते हैं। डेब्स इनसानों से प्यार करते हैं। उनके इस स्वभाव ने उन्हें एक महान् आंदोलन का प्रमुख व्यक्तित्व बना दिया है और लाखों लोगों का प्रिय नेता भी। उनका नाम हमेशा सबके दिलों में अमर रहेगा। मानवमात्र के लिए मन में इतना प्रेम रखना एक असाधारण गुण है और यह गुण एक व्यक्ति सिर्फ अपने विचारों से प्राप्त कर सकता है। आपके विचारों और आपकी सोच के अलावा कोई चीज आपको महान् नहीं बना सकती।

विचारक दो प्रकार के होते हैं—एक वे, जो अपने लिए सोचते हैं और दूसरे वे, जो दूसरों के माध्यम से सोचते हैं। दूसरे प्रकार के विचारक नियम होते हैं और पहले प्रकार के अपवाद। पहले प्रकार के विचारक दोगुने अर्थ में मूल विचारक होते हैं और शब्द के सबसे शालीन अर्थ में आत्मश्लाघी भी।

विचारक दो प्रकार के होते हैं—एक वे, जो अपने लिए सोचते हैं और दूसरे वे, जो दूसरों के माध्यम से सोचते हैं। दूसरे प्रकार के विचारक नियम होते हैं और पहले प्रकार के अपवाद। पहले प्रकार के विचारक दोगुने अर्थ में मूल विचारक होते हैं और शब्द के सबसे शालीन अर्थ में आत्मश्लाघी भी। प्रत्येक मनुष्य तक पहुँचने की कुंजी उसकी सोच होती है, चाहे वह कितना भी मजबूत और निडर प्रतीत हो; एक संचालन होता है, जिसका उसे पालन करना पड़ता है और वह एक विचार होता है, जिस पर उसके सभी तथ्य वर्गीकृत होते हैं। उसका सुधार तभी हो सकता है, जब उसे एक नया विचार दिया जाए, जो उसके विचार को नियंत्रित करे।

—एमर्सन

~❖~

"सभी सच्चे अर्थों में ज्ञानपूर्ण विचार पहले भी हजारों बार सोचे जा चुके हैं; लेकिन उन्हें सच में अपना बनाने के लिए हमें तब तक ईमानदारी से उनके बारे में मंथन करना पड़ेगा, जब तक वे हमारी अपनी अभिव्यक्ति में जड़ न पकड़ लें।"

—गोथे

"जो कुछ भी मनुष्य बाहर से प्रतीत होता है, वह उसकी आंतरिक भावना की अभिव्यक्ति और पूर्णता होती है। प्रभावी ढंग से काम करने के लिए उसकी सोच स्पष्ट होनी चाहिए। भलमनसाहत से काम करने के लिए उसे भलमनसाहत से सोचना चाहिए।"

—चैनिंग

"महान् व्यक्ति वे होते हैं, जो समझते हैं कि आध्यात्मिकता किसी भी भौतिक बल से बड़ी होती है; समझते हैं कि विचार ही दुनिया पर शासन करते हैं।"

—एमर्सन

"कुछ लोग अपना पूरा जीवन शिक्षा प्राप्त करने में बिता देते हैं और अपनी मृत्यु के समय तक वे सबकुछ सीख चुके होते हैं, सिवाय सोचना सीखने के।"

—दोमेर्गुए

"वह आभ्यासिक विचार होता है, जो हमारे जीवन में अपना स्थान बना लेता है। वह हमें हमारे निकटतम संबंधियों से भी ज्यादा प्रभावित

करता है। हमारे अभिन्न मित्रों का भी हमारे जीवन की दिशा निर्धारित करने में उतना योगदान नहीं होता, जितना उन विचारों का होता है, जो हमारे मन में होते हैं।''

—जे.डब्ल्यू. टील

''जब ईश्वर इस ग्रह पर किसी महान् विचारक को आजाद छोड़ देता है तो सभी चीजों पर संकट मँडराने लगता है। ऐसा कोई विज्ञान का आविष्कार नहीं है, जिसकी कल दिशा न बदली जा सके, न ही ऐसी कोई साहित्यिक प्रतिष्ठा या अनंत रूप से सम्मानित व यशस्वी उपाधियाँ हैं, जिन्हें नकारा न जा सके।''

—एमर्सन

सोचिए! सोचिए! सोचिए!

□

18

जीसस की दृष्टि में महानता

मैथ्यू के तेईसवें अध्याय में जीसस सच्ची व झूठी महानता में स्पष्ट अंतर बताते हैं और साथ ही उनके लिए उस एक बड़े खतरे की ओर संकेत भी करते हैं, जो महान् बनने की इच्छा रखते हैं; उस सबसे घातक प्रलोभन की ओर, जिससे उन सबको बचने की और अनवरत लड़ने की आवश्यकता है, जो जीवन में वास्तविक ऊँचाइयाँ हासिल करना चाहते हैं। जनसाधारण को और अपने शिष्यों को संबोधित करते हुए वे हमेशा उन्हें फरीसियों के सिद्धांत (यहूदियों का एक प्राचीन संप्रदाय, जो परंपरानुवर्तन, शास्त्रानुसरण और पवित्राचरण के लिए विख्यात था) से सतर्क रहने का आदेश देते हैं। वे कहते हैं कि हालाँकि फरीसी न्यायपूर्ण और धार्मिक विचारोंवाले व्यक्ति होते हैं, सम्माननीय जज, सच्चे कानून बनानेवाले और लोगों से यथोचित व्यवहार करनेवाले होते हैं, फिर भी उन्हें दावतों में सर्वोच्च स्थान लेना, बाजार में लोगों का आदर भरा अभिवादन मिलना और लोगों द्वारा 'मालिक' या 'सरकार' कहना पसंद होता है और इस सिद्धांत की तुलना में वे कहते हैं, वह जो आप सबके बीच महानता प्राप्त करेगा, उसे सेवा करने दें।

एक साधारण व्यक्ति के अनुसार, महान् व्यक्ति वह नहीं होता, जो सेवा करता है; बल्कि वह होता है, जो अपने लिए दूसरों की सेवाएँ लेने

में सफलता प्राप्त कर लेता है। वह स्वयं को इस स्थिति में ले आता है कि दूसरों को आदेश दे सके; उनके ऊपर अधिकार जता सके, उनसे अपनी इच्छानुसार काम करवा सके। बहुत से लोगों के लिए दूसरों पर अपना स्वामित्व जताना बहुत बड़ी उपलब्धि होती है। एक स्वार्थी मनुष्य के लिए इससे सुखद अनुभूति और कोई नहीं होती। आपको स्वार्थी और अपरिपक्व लोग हमेशा दूसरों पर अधिकार जताते, अपना प्रभुत्व दिखाने का प्रयास करते दिखाई देंगे। आदिमानवों को जैसे ही पृथ्वी पर उतारा गया, वे एक-दूसरे को अपना गुलाम बनाने की चेष्टा करने लगे। सदियों से युद्ध, राजनीति, कूटनीति और शासन में जो संघर्ष चल रहा है, उसका उद्‌देश्य सिर्फ दूसरों पर अपना स्वामित्व स्थापित करना ही तो है। राजाओं और राजकुमारों ने पृथ्वी की मिट्‌टी को रक्त और अश्रुओं से इसीलिए सींचा है, ताकि वे अधिक-से-अधिक लोगों पर शासन कर सकें और अपने अधिकार-क्षेत्र को जितना संभव हो, बढ़ा सकें।

सदियों से युद्ध, राजनीति, कूटनीति और शासन में जो संघर्ष चल रहा है, उसका उद्‌देश्य सिर्फ दूसरों पर अपना स्वामित्व स्थापित करना ही तो है। राजाओं और राजकुमारों ने पृथ्वी की मिट्‌टी को रक्त और अश्रुओं से इसीलिए सींचा है, ताकि वे अधिक-से-अधिक लोगों पर शासन कर सकें और अपने अधिकार-क्षेत्र को जितना संभव हो, बढ़ा सकें।

जहाँ तक सत्तारूढ़ सिद्धांतों की बात है, आज की दुनिया में व्यापारिक क्षेत्र का संघर्ष वैसा ही है, जैसा सौ वर्ष पहले यूरोप के युद्धक्षेत्रों में था। रॉबर्ट ओ. इन्गेर्सोल यह बात कभी नहीं समझ पाए कि रॉकफेलर और कार्नेगी जैसे धनवान् व्यक्ति और अधिक धन की चाह में व्यापारिक संघर्ष की दौड़ में क्यों शामिल हैं, जबकि उनके पास पहले से ही आवश्यकता से कहीं अधिक धन है? वे इसे एक प्रकार

का पागलपन समझते थे और इस प्रकार समझाते थे : मान लीजिए, एक व्यक्ति के पास 50,000 पतलूनें, 75,000 बनियानें, 1,00,000 कोट और 1,50,000 टाइयाँ हैं, आप उसके बारे में क्या सोचेंगे, यदि वह प्रतिदिन सुबह सूर्योदय के पहले उठ जाए और अँधेरा होने तक काम करता रहे—चाहे कड़ी धूप हो या तेज बारिश—सिर्फ एक और टाई खरीदने के लिए?

रॉकफेलर, कार्नेगी और उनके जैसे अन्य धनवान् व्यक्ति डॉलर नहीं, बल्कि शक्ति और प्रभुत्व चाहते हैं। यह फरीसी का सिद्धांत है; यह समाज में ऊँचा स्थान पाने का संघर्ष है। यह सिद्धांत योग्य व्यक्ति, चालाक व्यक्ति, साधन-संपन्न व्यक्ति बना सकता है, लेकिन महान् व्यक्ति नहीं।

लेकिन यह एक सही उदाहरण नहीं है। असंख्य टाइयों का स्वामी होना किसी व्यक्ति को दूसरे व्यक्ति से अधिक शक्तिशाली नहीं बनाता, जबकि अत्यधिक धन का होना उसे वह शक्ति प्रदान करता है। रॉकफेलर, कार्नेगी और उनके जैसे अन्य धनवान् व्यक्ति डॉलर नहीं, बल्कि शक्ति और प्रभुत्व चाहते हैं। यह फरीसी का सिद्धांत है; यह समाज में ऊँचा स्थान पाने का संघर्ष है। यह सिद्धांत योग्य व्यक्ति, चालाक व्यक्ति, साधन-संपन्न व्यक्ति बना सकता है, लेकिन महान् व्यक्ति नहीं।

मैं चाहता हूँ कि आप अपने मन में महानता के इन दो विचारों की विषमता पर गहराई से सोचें। वह, जो आप सबके बीच महानता प्राप्त करेगा, उसे सेवा करने दें। आप मुझे आम अमेरिकी श्रोताओं के सामने खड़े होकर महानतम अमेरिकी का नाम पूछने दीजिए—अधिकतर लोग 'अब्राहम लिंकन' का नाम लेंगे। क्या ऐसा इसलिए नहीं है, क्योंकि उन तमाम लोगों में से, जिन्होंने सामाजिक जीवन में हमें सेवाएँ प्रदान की हैं, हमें अब्राहम लिंकन में ही सबसे अधिक सेवा-भावना दिखाई दी है?

दासता या गुलामी नहीं, बल्कि सेवा-भाव। लिंकन एक महान् व्यक्ति थे, क्योंकि वे जानते थे कि एक महान् सेवक कैसे बना जा सकता है! नेपोलियन, जो योग्य, सर्द मिजाज, स्वार्थी व्यक्ति थे और उच्च स्थान के अभिलाषी थे, एक प्रतिभावान् व्यक्ति थे। लिंकन महान् थे; नेपोलियन महान् नहीं थे। जैसे ही आप प्रगति करना शुरू करते हैं और एक ऐसे व्यक्ति के रूप में अपनी पहचान बनाने लगते हैं, जो महान् तरीके से अपने काम करता है, आप स्वयं को खतरे में महसूस करने लगेंगे। दूसरों का संरक्षण करने का, उन्हें सलाह देने का या दूसरों के मामलों में दिशा निर्धारित करने का प्रलोभन कभी-कभी वश के बाहर हो जाता है। फिर भी, दासता की प्रवृत्ति में पड़ने के विरोधी खतरे से या स्वयं को पूर्ण रूप से दूसरे की सेवा में समर्पित करने से बचने का प्रयास कीजिए। बहुत से लोग ऐसा करने को अपने जीवन का आदर्श समझते हैं।

जैसे ही आप प्रगति करना शुरू करते हैं और एक ऐसे व्यक्ति के रूप में अपनी पहचान बनाने लगते हैं, जो महान् तरीके से अपने काम करता है, आप स्वयं को खतरे में महसूस करने लगेंगे। दूसरों का संरक्षण करने का, उन्हें सलाह देने का या दूसरों के मामलों में दिशा निर्धारित करने का प्रलोभन कभी-कभी वश के बाहर हो जाता है।

पूर्ण रूप से आत्म-त्यागी जीवन क्राइस्ट के जीवन की भाँति समझा जाता है; लेकिन जैसा कि मैं सोचता हूँ, वह जीसस के चरित्र और उनकी शिक्षा की बिल्कुल मिथ्या धारणा है। मैंने यह मिथ्या धारणा एक छोटी सी पुस्तक में समझाई है, इस उम्मीद के साथ कि आप सब कभी-न-कभी उसे पढ़ेंगे। उसका नाम है—'ए न्यू क्राइस्ट' (एक नया क्राइस्ट)। जीसस का अनुकरण करनेवाले हजारों लोगों ने अपने को छोटा साबित किया है और सबकुछ छोड़कर परोपकार करते फिर रहे हैं। वे एक ऐसे परहितवाद का अभ्यास कर

रहे हैं, जो महानता से इतना दूर और इतना दूषित है, जैसे नितांत स्वार्थ हो। वे सूक्ष्म ज्ञान और सहज बुद्धि, जो किसी की कष्ट या दु:ख भरी पुकार में प्रतिक्रिया देते हैं, वे आपका संपूर्ण रूप नहीं होते; जरूरी नहीं है कि वे आपका सर्वश्रेष्ठ हिस्सा हों। दुर्भाग्यशाली असहाय लोगों की सहायता करने के अलावा भी बहुत से कार्य हैं, जो आपको करने चाहिए; हालाँकि यह भी सच है कि प्रत्येक महान् व्यक्ति के जीवन और कर्मों का एक बड़ा हिस्सा दूसरों की सवा करने में व्यतीत हुआ है। जब आप प्रगति करना शुरू करेंगे तो वे आपके पास लौटकर आएँगे। उन्हें वापस मत करिएगा; लेकिन यह समझने की घातक गलती मत करिएगा कि पूर्ण आत्म-बलिदान का जीवन ही महानता प्राप्त करने का रास्ता है।

प्रत्येक महान् व्यक्ति के जीवन और कर्मों का एक बड़ा हिस्सा दूसरों की सवा करने में व्यतीत हुआ है। जब आप प्रगति करना शुरू करेंगे तो वे आपके पास लौटकर आएँगे। उन्हें वापस मत करिएगा; लेकिन यह समझने की घातक गलती मत करिएगा कि पूर्ण आत्म-बलिदान का जीवन ही महानता प्राप्त करने का रास्ता है।

अपनी बात को आगे बढ़ाते हुए मैं इस तथ्य का उल्लेख करना चाहता हूँ कि स्वीडनबोर्ग ने मूलभूत उद्देश्यों का जो वर्गीकरण किया है, वह बिल्कुल जीसस के जैसा है। वे सभी मनुष्यों को दो दलों में विभाजित करते हैं। एक में वे मनुष्य हैं, जो पवित्र व शुद्ध प्रेम के साथ जीते हैं और दूसरे में वे हैं, जो स्वयं के प्रति प्रेम के लिए सत्ता से प्रेम करते हैं। हम देख सकते हैं कि यह बिल्कुल फारसियों के शक्ति और सत्ता के प्रति प्रेम जैसा है। स्वीडनबर्ग के अनुसार, यह शक्ति पाने के लिए किया गया यह स्वार्थी प्रेम ही सब पापों की जड़ है। वे मनुष्य के मन में उत्पन्न गलत इच्छाएँ ही हैं, जिनमें से बाकी सब बुराइयाँ पनपती हैं।

इन सब बातों के ऊपर वे पवित्र प्रेम को रखते हैं। वे ईश्वर के प्रेम या मनुष्य के प्रेम की बात नहीं करते, बल्कि सिर्फ शुद्ध प्रेम की बात करते हैं। लगभग सभी कट्टर धर्मावलंबी मनुष्य के प्रति प्रेम और सेवाभाव से अधिक ईश्वर के प्रति प्रेम और सेवाभाव की बात करते हैं; लेकिन यह सच है कि सिर्फ ईश्वर से प्रेम करके एक मनुष्य सत्ता की भूख से स्वयं को नहीं बचा सकता, क्योंकि ईश्वर के कुछ परम भक्त ही सबसे क्रूर तानाशाह रह चुके हैं। ईश्वर से प्रेम करनेवाले अकसर तानाशाह होते हैं और मनुष्य से प्रेम करनेवाले दूसरों के मामलों में हस्तक्षेप करनेवाले और बिना माँगे सलाह देनेवाले होते हैं।

□

19

विकास की ओर एक दृष्टि

लेकिन हम परोपकार करने से अपने आपको कैसे रोक सकते हैं, जब हम चारों ओर से गरीबी, अज्ञानता, पीड़ा और हर प्रकार के कष्ट से जूझ रहे लोगों से घिरे हुए हैं ? जो लोग ऐसे स्थानों पर रहते हैं, जहाँ मदद की गुहार लिये जरूरतमंद हाथ हमेशा उनके सामने फैले रहते हैं, वे लोग निरंतर दान देने से स्वयं को कैसे रोक सकते हैं ? और फिर, यहाँ सामाजिक एवं अन्य विषमताएँ हैं, गरीबों के प्रति पक्षपातपूर्ण रवैया है, जिसे देखकर दयालु, करुणामय दिलों में सबकुछ ठीक कर देने की अनिवार्य इच्छा प्रज्वलित होने लगती है। हम एक धर्मयुद्ध की शुरुआत करना चाहते हैं। हमें ऐसा लगता है कि जो कुछ भी गलत हो रहा है, वह तब तक सही नहीं हो सकता, जब तक हम अपने आपको पूरी तरह उस काम के लिए समर्पित न कर दें। इन सब बातों के लिए हमें दृष्टिकोण के बिंदु पर वापस जाना होगा। हमें याद रखना होगा कि यह संसार बुरा नहीं है, बल्कि एक अच्छा संसार बेहतर बनने की ओर अग्रसर है।

इस बात में कोई संदेह नहीं है कि एक समय था, जब इस पृथ्वी पर जीवन नहीं था। भू-विज्ञान की इस तथ्य पर गवाही कि एक समय पृथ्वी एक जलती हुई गैस और पिघली हुई चट्टानों का गोला थी, जो

उबलते वाष्प (भाप) से ढँकी हुई थी, निर्विवाद है। हम नहीं जानते कि उस स्थिति में जीवन कैसे संभव हो पाता; यह बात असंभव-सी प्रतीत होती है। भू-विज्ञान हमें बताता है कि बाद में उस आग के गोले के ऊपर एक परत बन गई। पृथ्वी ठंडी होकर कठोर हो गई, भाप घनीभूत होकर धुंध में परिवर्तित हो गई और बारिश के रूप में नीचे गिरने लगी। ठंडी हो चुकी सतह टूट-टूटकर मिट्टी बन गई; नमी जमा होने लगी, समुद्र और तालाब इकट्ठा होने लगे और आखिरकार जल में—या शायद धरती पर—कोई ऐसी चीज प्रकट हुई, जिसमें जीवन था।

यह सोचना तर्कसंगत है कि वह पहला जीवन एक कोशिकीय जीवों में था, लेकिन उन कोशिकाओं के पीछे आत्मा की आग्रहपूर्ण प्रेरणा थी, एक महान् जीवन को तलाश करती भावना थी और जल्दी ही उन जीवों के लिए स्वयं को एक कोशिका में अभिव्यक्त करना मुश्किल होने लगा और फिर उनमें दो कोशिकाएँ उत्पन्न हुईं, फिर तीन और फिर असंख्य तथा उनमें और अधिक जीवन पनपने लगा।

यह सोचना तर्कसंगत है कि वह पहला जीवन एक कोशिकीय जीवों में था, लेकिन उन कोशिकाओं के पीछे आत्मा की आग्रहपूर्ण प्रेरणा थी, एक महान् जीवन को तलाश करती भावना थी और जल्दी ही उन जीवों के लिए स्वयं को एक कोशिका में अभिव्यक्त करना मुश्किल होने लगा और फिर उनमें दो कोशिकाएँ उत्पन्न हुईं, फिर तीन और फिर असंख्य तथा उनमें और अधिक जीवन पनपने लगा।

बहु-कोशिकीय जीव उत्पन्न होने लगे; पौधे, पेड़, रीढ़ की हड्डीवाले जीव, स्तनपायी जीव, जिनमें से कई विचित्र आकार के थे, लेकिन अपनी जगह सब श्रेष्ठ थे, जैसे कि ईश्वर की बनाई हर चीज होती है। निस्संदेह जीव-जंतुओं और पेड़-पौधों, दोनों में कुछ कुरूप

और विशालकाय आकार के, भद्दे रूप भी देखने को मिलते थे; लेकिन वे सब अपना उद्‌देश्य पूरा करते थे और सबकुछ बहुत अच्छा था। फिर समय बदला। वह दिन आया, जब विकास की प्रक्रिया आरंभ हुई; वह दिन, जब भोर के तारे साथ में गा रहे थे और ईश्वर के पुत्र अंत की शुरुआत देखने के लिए खुशी से चीख रहे थे; क्योंकि मानव, जिसका जन्म ही आरंभ से ईश्वर का उद्‌देश्य था, पृथ्वी पर प्रकट हो गया था।

एक वानर की तरह का जीव, जो रूप व आकार में आसपास के पशुओं से कुछ भिन्न था, लेकिन जिसमें विकास और विचार करने की अनंत संभावनाएँ थीं। कला और सौंदर्य, वास्तु-कला और गीत, कविता और संगीत—ये सभी उस वानर समान मनुष्य की आत्मा में अचेतन संभावनाएँ थीं और उस समय के लिए वह उसी रूप में श्रेष्ठ था।

'वह ईश्वर ही है, जो आपके अंतर में रहकर अपनी इच्छानुसार और अपनी खुशी के लिए आपसे काम करवाता है,' सेंट पॉल कहते हैं। जिस दिन पहला मानव प्रकट हुआ, उसी दिन से ईश्वर ने मानवों के अंदर कार्य करना आरंभ कर दिया, आगे आनेवाली प्रत्येक पीढ़ी में अपना और अधिक ज्ञान डालता गया तथा मनुष्यों को और बड़ी उपलब्धियों एवं बेहतर सामाजिक, राजनीतिक और घरेलू स्थिति की ओर प्रवृत्त करता गया।

जिस दिन पहला मानव प्रकट हुआ, उसी दिन से ईश्वर ने मानवों के अंदर कार्य करना आरंभ कर दिया, आगे आनेवाली प्रत्येक पीढ़ी में अपना और अधिक ज्ञान डालता गया तथा मनुष्यों को और बड़ी उपलब्धियों एवं बेहतर सामाजिक, राजनीतिक और घरेलू स्थिति की ओर प्रवृत्त करता गया।

प्राचीन इतिहास के पन्ने पलटने पर जो लोग उस समय की भयंकर स्थिति को देखते हैं—बर्बरता, मूर्ति-पूजा, पीड़ा और इन चीजों के संदर्भ में ईश्वर के बारे में पढ़ते हैं और यह सोचते हैं कि ईश्वर मनुष्य के प्रति

क्रूर व अन्यायी है, उन्हें एक पल रुककर सोचना चाहिए। वानर की तरह के पुरुष से क्राइस्ट की तरह का पुरुष बनने के लिए मानव जाति को ऊपर उठना ही था। और यह कार्य तभी पूरा हो सकता था, जब मनुष्य के मस्तिष्क में सुप्त पड़ी हुई विभिन्न शक्तियाँ और संभावनाएँ बाहर आ जाएँ।

ईश्वर स्वयं को अभिव्यक्त करना चाहता था, एक आकार लेना चाहता था और सिर्फ वही नहीं, वह एक ऐसा रूप लेना चाहता था, जिसके माध्यम से वह अपने को उच्चतम नैतिक और आध्यात्मिक धरातल पर अभिव्यक्त कर सके। ईश्वर एक ऐसा रूप विकसित करना चाहता था, जिसमें वह ईश्वर की तरह रह सके और ईश्वर की तरह स्वयं को व्यक्त कर सके। विकासवादी शक्ति का यही उद्‍देश्य था। युद्ध, रक्तपात, पीड़ा, अन्याय और क्रूरता का युग समय बीतने के साथ विभिन्न तरीकों से प्रेम और न्याय की भावनाओं से संतुलित होने लगा और यह सब मनुष्य के मस्तिष्क को उस सीमा तक विकसित कर रहा था, जहाँ वह ईश्वर के प्रेम और न्याय को पूर्ण अभिव्यक्ति देने में सक्षम हो सके। अंत अभी निकट नहीं है; ईश्वर का उद्‍देश्य फल के डिब्बे में ऊपर रखे कुछ बेहतरीन फलों की भाँति सिर्फ प्रदर्शन के लिए चुने हुए कुछ विशेष नमूनों को श्रेष्ठता प्रदान करना नहीं है, बल्कि वह तो संपूर्ण मानव जाति को महिमा-मंडित करना चाहता है। एक समय आएगा, जब ईश्वर का साम्राज्य पृथ्वी पर स्थापित होगा; 'आइल ऑफ पैटमॉस के ड्रीमर. (असंभव कल्पना करनेवाला, सपने देखनेवाला) की कल्पना का वह समय, जब किसी की आँखों में आँसू नहीं होंगे, कहीं कोई पीड़ा या दु:ख नहीं होगा, क्योंकि इन सब चीजों का अंत हो चुका होगा और उस युग में कभी रात नहीं होगी।

□

20

ईश्वर की सेवा

पिछले दो अध्यायों को पार करके मैं आपको यहाँ तक लाया हूँ, इस उद्देश्य के साथ कि अब हमें कर्तव्य से संबंधित प्रश्नों के समाधान ढूँढ़ लेने चाहिए। यह प्रश्न ऐसा है कि वह असंख्य ईमानदार और गंभीर व्यक्तियों को उलझन में डाल देता है और इसका जवाब ढूँढ़ने में उन्हें बहुत कठिनाई होती है।

जब वे कुछ बनने की, जीवन में कुछ हासिल करने की राह पर निकलते हैं और महान् बनने के विज्ञान को अपनाने का प्रयास करते हैं तो उन्हें अपने कई रिश्तों को नई दृष्टि से देखने की जरूरत महसूस होती है। कुछ मित्र होते हैं, जिनसे शायद विमुख होना पड़ सकता है; कुछ रिश्तेदार होते हैं, जो आपको गलत समझते हैं और जिन्हें लगता है कि आप उनकी उपेक्षा कर रहे हैं; एक सही मायनों में महान् व्यक्ति को उसके संपर्क में आनेवाले बहुत से लोग स्वार्थी समझते हैं और उन्हें लगता है कि वह उनके लिए जितना करता है, वह पर्याप्त नहीं है और उसे उससे अधिक करना चाहिए। सबसे पहला प्रश्न यह है कि क्या बाकी सब चीजों को नजरअंदाज करके अपनी प्रगति के लिए अपना सर्वश्रेष्ठ देना मेरा कर्तव्य है या मुझे तब तक रुकना चाहिए, जब तक मैं बिना किसी को नुकसान पहुँचाए या किसी की भावनाओं को आहत

किए ऐसा कर सकूँ? यह प्रश्न स्वयं के प्रति कर्तव्य बनाम दूसरों के प्रति कर्तव्य का है।

संसार के प्रति मनुष्य के कर्तव्यों के बारे में पिछले पृष्ठों में काफी चर्चा हो चुकी है और अब मैं ईश्वर के प्रति मनुष्य के कर्तव्य की बात पर ध्यान दूँगा। असंख्य लोगों के मन में इस बात को लेकर अनिश्चितता है और चिंता भी कि उन्हें ईश्वर के लिए क्या करना चाहिए?

अमेरिका में चर्च के और अन्य माध्यमों से ईश्वर के लिए जितना काम और जितनी सेवा की जाती है, वह अभूतपूर्व है। ईश्वर की तथाकथित सेवा के नाम पर अत्यधिक मात्रा में मनुष्य की शक्ति और ऊर्जा खर्च की जाती है। मैं थोड़ी देर के लिए विचार करने का प्रस्ताव रखता हूँ कि ईश्वर की सेवा क्या है? और वह सर्वश्रेष्ठ तरीका कौन सा है, जिससे मनुष्य ईश्वर की सेवा कर सकता है और मुझे लगता है कि मैं यह आसानी से साबित कर दूँगा कि ईश्वर की सेवा से संबंधित पारंपरिक विचार बिल्कुल गलत हैं।

ईश्वर की तथाकथित सेवा के नाम पर अत्यधिक मात्रा में मनुष्य की शक्ति और ऊर्जा खर्च की जाती है। मैं थोड़ी देर के लिए विचार करने का प्रस्ताव रखता हूँ कि ईश्वर की सेवा क्या है? और वह सर्वश्रेष्ठ तरीका कौन सा है, जिससे मनुष्य ईश्वर की सेवा कर सकता है और मुझे लगता है कि मैं यह आसानी से साबित कर दूँगा कि ईश्वर की सेवा से संबंधित पारंपरिक विचार बिल्कुल गलत हैं।

जब मोजेज यहूदियों को दासता से मुक्त करने के लिए मिस्र गए तो खुदा के नाम पर फराओ से उनकी माँग यह थी—'इन लोगों को जाने दो, ताकि ये मेरी सेवा कर सकें।' वे उन्हें जंगलों में ले गए और वहाँ उन्होंने पूजा की एक नई विधि स्थापित की, जिसने बहुत से लोगों

को यह मानने पर विवश कर दिया कि पूजा करने से ईश्वर की सेवा भी हो जाती है; हालाँकि बाद में ईश्वर ने स्वयं ही यह स्पष्ट कर दिया कि उसे धार्मिक समारोहों, हवन, बलि इत्यादि की कोई चाह नहीं है और यदि जीसस की शिक्षा को लोग सही तरीके से समझें तो वे अपने आप ही मंदिरों में जाकर पूजा करना छोड़ देंगे। ईश्वर के पास किसी चीज की कमी नहीं है, जो मनुष्य को अपने हाथों, शरीर या आवाज के माध्यम से पूरी करनी पड़े। सेंट पॉल कहते हैं कि मनुष्य ईश्वर के लिए कुछ नहीं कर सकता, क्योंकि ईश्वर को किसी चीज की आवश्यकता नहीं है।

हम जिस नजरिए से विकास को देखते हैं, उसमें ईश्वर मनुष्य के माध्यम से स्वयं को अभिव्यक्त करता प्रतीत होता है। सभी उत्तरोत्तर युगों में, जिनमें उसकी भावना ने मनुष्य को ऊँचाई तक पहुँचने के लिए प्रेरित किया है, ईश्वर ने अभिव्यक्ति की तलाश की है। मनुष्य की प्रत्येक पीढ़ी अपनी पिछली पीढ़ी से अधिक ईश्वर-तुल्य होती जा रही है।

हम जिस नजरिए से विकास को देखते हैं, उसमें ईश्वर मनुष्य के माध्यम से स्वयं को अभिव्यक्त करता प्रतीत होता है। सभी उत्तरोत्तर युगों में, जिनमें उसकी भावना ने मनुष्य को ऊँचाई तक पहुँचने के लिए प्रेरित किया है, ईश्वर ने अभिव्यक्ति की तलाश की है। मनुष्य की प्रत्येक पीढ़ी अपनी पिछली पीढ़ी से अधिक ईश्वर-तुल्य होती जा रही है। मनुष्य की प्रत्येक पीढ़ी आलीशान मकानों, सुखद वातावरण, सौहार्दपूर्ण कार्यस्थल, आराम, यात्रा, शिक्षा के अवसर के संदर्भ में अपनी पिछली पीढ़ी से बेहतर की माँग कर रही है।

मैंने कुछ अदूरदर्शी अर्थशास्त्रियों को तर्क देते सुना है कि वर्तमान समय के कामगारों को पूर्ण रूप से संतुष्ट होना चाहिए, क्योंकि उनके हालात दो सौ वर्ष पहले के उन कामगारों से कहीं बेहतर हैं, जो बिना

खिड़की के झोंपड़ों में फर्श पर सोते थे और उन्हीं के साथ उनके सुअर भी सोते थे। यदि उस समय के आदमी के पास वह सबकुछ था, जिसका वह अपने जीवन में उपयोग कर सकता था—उस जीवन में, जो वह जीना जानता था, वह पूर्ण रूप से संतुष्ट रहता था और यदि उसके पास वह सबकुछ नहीं होता था तो वह संतुष्ट नहीं होता था। आज के आदमी के पास आरामदेह घर है और सुख-सुविधा की बहुत सी वस्तुएँ हैं; ऐसी वस्तुएँ, जिनसे उस समय के लोग अनजान थे और यदि उसके पास वे सारी चीजें हैं, जिनका वह अपने पूरे जीवन में उपयोग करने की कल्पना कर सकता है तो उसे संतुष्ट रहना चाहिए, लेकिन वह संतुष्ट नहीं है। ईश्वर ने मानव जाति का स्तर इतना ऊपर उठा दिया है कि एक साधारण मनुष्य भी अपने वर्तमान जीवन से बेहतर और सुविधापूर्ण जीवन की कल्पना करने लगा है और जब यह सब सच होगा, जब तक मनुष्य सोच पाएगा और अपने लिए एक बेहतर, मनचाहे जीवन की कल्पना कर पाएगा, वह अपनी वर्तमान स्थिति से असंतुष्ट रहेगा और यह ठीक भी है। इसी असंतोष में ईश्वर की आत्मा है, जो मनुष्य को बेहतर व सुविधाजनक जीवन की ओर जाने के लिए प्रवृत्त करती है। वह ईश्वर ही है, जो मानव जाति में अपनी अभिव्यक्ति की तलाश करता है। वह हमारे अंदर रहकर हमसे अपनी इच्छानुसार कर्म करवाता है।

ईश्वर ने मानव जाति का स्तर इतना ऊपर उठा दिया है कि एक साधारण मनुष्य भी अपने वर्तमान जीवन से बेहतर और सुविधापूर्ण जीवन की कल्पना करने लगा है और जब यह सब सच होगा, जब तक मनुष्य सोच पाएगा और अपने लिए एक बेहतर, मनचाहे जीवन की कल्पना कर पाएगा, वह अपनी वर्तमान स्थिति से असंतुष्ट रहेगा और यह ठीक भी है।

यदि आप ईश्वर की सेवा करना चाहते हैं तो उस भावना को

अभिव्यक्ति दीजिए, जो वह आपके माध्यम से संसार को देना चाहता है। वह एक काम, जो आप ईश्वर के लिए कर सकते हैं, वह है—हर चीज में अपना सर्वश्रेष्ठ देना, ताकि ईश्वर आपके अंदर की अधिकतम संभावनाओं में आपके अंदर रह सके। इस शृंखला की एक पूर्व रचना में (धनवान् बनने का विज्ञान) में मैंने पियानो बजाते एक छोटे से बालक का उदाहरण दिया है, जिसकी आत्मा का संगीत उसके अप्रशिक्षित हाथों द्वारा पूरी तरह व्यक्त नहीं हो पा रहा था। यह एक अच्छा उदाहरण है कि किस प्रकार ईश्वर की आत्मा हमारे ऊपर, आसपास, चारों ओर और हम सबके अंदर विद्यमान है तथा हमारे माध्यम से महान् कार्य करवाना चाहती है—उतनी जल्दी, जितनी जल्दी हम वह कार्य करने के लिए अपने हाथ-पैरों को, बुद्धि को, मस्तिष्क व शरीर को प्रशिक्षित कर सकें।

यह एक अच्छा उदाहरण है कि किस प्रकार ईश्वर की आत्मा हमारे ऊपर, आसपास, चारों ओर और हम सबके अंदर विद्यमान है तथा हमारे माध्यम से महान् कार्य करवाना चाहती है—उतनी जल्दी, जितनी जल्दी हम वह कार्य करने के लिए अपने हाथ-पैरों को, बुद्धि को, मस्तिष्क व शरीर को प्रशिक्षित कर सकें।

ईश्वर के प्रति, अपने प्रति और संसार के प्रति आपका पहला कर्तव्य है, अपने व्यक्तित्व का निर्माण करना और उसे हर प्रकार से जितना महान् बना सकते हों, बनाना। यह तो हुई कर्तव्य की बात। इस अध्याय के समाप्त होने तक एक या दो और प्रश्नों के उत्तर मिल जाने चाहिए। पिछले किसी अध्याय में मैंने अवसर की बात की है। मैंने एक सामान्य सी बात कही है कि महान् बनना प्रत्येक मनुष्य के अपने वश में होता है, जैसा कि मैंने अपनी पुस्तक 'धनवान् बनने का विज्ञान' में कहा था कि धनवान् बनना प्रत्येक मनुष्य के अपने वश में होता है, लेकिन इन

व्यापक सामान्यीकरणों को विशिष्टता प्रदान करने की आवश्यकता है। कुछ ऐसे व्यक्ति हैं, जिनकी बुद्धि इतनी भौतिकतावादी है कि वे इन पुस्तकों में उल्लेखित दर्शन को समझ पाने में पूर्ण रूप से असमर्थ हैं। ऐसे असंख्य स्त्री-पुरुष हैं, जिन्होंने लंबे समय तक कार्य किया है, जीवन जिया है; लेकिन इस दिशा में सोच पाने में असमर्थ रहे हैं; इनमें दिए संदेश उन तक नहीं पहुँच पाए हैं। ऐसे लोगों के लिए प्रदर्शन के माध्यम से कुछ किया जा सकता है, अर्थात् ऐसा जीवन उनके सामने जीकर उन्हें समझाया जा सकता है। यही एक उपाय है, जिससे उनमें जागृति आ सकती है। संसार को शिक्षा से अधिक प्रदर्शन की आवश्यकता है। ऐसे लोगों के प्रति हमारा कर्तव्य है कि हम अपने व्यक्तित्व को जितना संभव हो, महान् बनाएँ, ताकि वे हमें देखकर प्रेरणा लें और उनके मन में हमारी तरह बनने की इच्छा प्रकट हो। हमारा कर्तव्य है कि हम उनकी खातिर अपने को महान् बनाएँ, ताकि हम एक ऐसे संसार का निर्माण करने में मदद कर पाएँ, जिसमें अगली पीढ़ी को विचार करने के लिए बेहतर परिस्थितियाँ मिलें।

संसार को शिक्षा से अधिक प्रदर्शन की आवश्यकता है। ऐसे लोगों के प्रति हमारा कर्तव्य है कि हम अपने व्यक्तित्व को जितना संभव हो, महान् बनाएँ, ताकि वे हमें देखकर प्रेरणा लें और उनके मन में हमारी तरह बनने की इच्छा प्रकट हो। हमारा कर्तव्य है कि हम उनकी खातिर अपने को महान् बनाएँ, ताकि हम एक ऐसे संसार का निर्माण करने में मदद कर पाएँ, जिसमें अगली पीढ़ी को विचार करने के लिए बेहतर परिस्थितियाँ मिलें।

एक और बात; मुझे कई ऐसे लोगों के पत्र मिलते हैं, जो कुछ बनना चाहते हैं और बाहर निकलकर नाम कमाना चाहते हैं; लेकिन घर की जिम्मेदारियाँ उनके पैरों में बेड़ियाँ डाल देती हैं, क्योंकि उनके घर

में ऐसे लोग होते हैं, जो उनके ऊपर आश्रित होते हैं और उन्हें डर होता है कि अकेले छोड़ देने पर उन लोगों को कष्ट हो सकता है। ऐसे लोगों के लिए मेरी सामान्य सलाह है कि उन्हें बिना भय के बाहर निकलना चाहिए और पूरी ईमानदारी के साथ अपने को साबित करने का प्रयास करना चाहिए। यदि उनके पीछे घर में कुछ नुकसान होगा तो वह अल्प समय का और प्रत्यक्ष होगा; क्योंकि यदि आप अपनी अंतरात्मा की आवाज सुनकर काम करेंगे तो कुछ ही समय में अपने आश्रितों की पहले से कहीं बेहतर देखभाल कर पाएँगे।

□

21

मानसिक व्यायाम

मानसिक व्यायाम के उद्देश्य को गलत नहीं समझा जाना चाहिए। आकर्षक या तैयार शब्दों की श्रृंखला में कोई सदाचार नहीं होता। प्रार्थनाएँ दोहराकर या झाड़-फूँक करवाकर समय से पूर्व उन्नति करना संभव नहीं है। मानसिक व्यायाम में शब्दों को नहीं, बल्कि कुछ विचारों को दोहराने की आवश्यकता होती है। गोथे के अनुसार, 'जो वाक्य हम बार-बार सुनते हैं, वे हमें सत्य प्रतीत होने लगते हैं और वे विचार, जिनके बारे में हम बार-बार सोचते हैं, हमारी आदत बन जाते हैं और हमें वह बनाते हैं, जो हम हैं।' मानसिक व्यायाम करने का उद्देश्य यही है कि हम कुछ विचारों के बारे में बार-बार मंथन करें, जब तक कि हमें उन्हें सोचने की आदत न पड़ जाए; फिर आप उन विचारों के अभ्यस्त हो जाएँगे। सही तरीके से और उद्देश्य को समझकर किए गए मानसिक व्यायाम का बहुत महत्त्व होता है; लेकिन गलत तरीके और गलत उद्देश्य के साथ किया गया, व्यायाम जैसा कई लोग करते हैं, बिल्कुल निरर्थक होता है।

प्रस्तुत व्यायाम में समाविष्ट विचार वह है, जो आप सोचना चाहते हैं। आपको प्रतिदिन एक या दो बार यह व्यायाम करना चाहिए, लेकिन सोचना दिन भर चाहिए। अर्थात् निर्दिष्ट समय पर उनके बारे में सोचने

के बाद उन्हें अगली बार व्यायाम करने तक भूल न जाएँ। यह व्यायाम आपको निरंतर विचार करने का अभ्यस्त बनाने के लिए ही है।

ऐसा समय तय करें, जब आप बिना किसी व्यवधान के बीस मिनट से आधा घंटा अपने लिए सुरक्षित कर सकें और फिर सबसे पहले स्वयं को शारीरिक रूप से आरामदायक अवस्था में ले आएँ। एक आरामकुरसी, काउच या बिस्तर पर लेट जाएँ; पीठ के बल सीधे लेटना सबसे उत्तम होगा। यदि आपको दिन भर समय न मिले तो रात को सोते समय और सुबह बिस्तर से उठने से पहले यह व्यायाम करें।

पूरी तरह आराम की मुद्रा में आ जाएँ। अब अपने मन से शारीरिक कष्टों और अन्य बुराइयों से संबंधित विचारों को बाहर कर दें। अपने ध्यान को अपनी रीढ़ की हड्डी से गुजरते हुए अपनी तंत्रिकाओं और फिर हाथ-पैरों तक जाने दें और ऐसा करते हुए सोचें, मेरी तंत्रिकाएँ मेरे संपूर्ण शरीर में बिल्कुल सही तरीके से काम कर रही हैं!

सर्वप्रथम अपने ध्यान को अपने सिर से लेकर पैर के तलवों तक की यात्रा करने दें और इस दौरान अपनी प्रत्येक मांसपेशी को ढीला छोड़ते रहें।

पूरी तरह आराम की मुद्रा में आ जाएँ। अब अपने मन से शारीरिक कष्टों और अन्य बुराइयों से संबंधित विचारों को बाहर कर दें। अपने ध्यान को अपनी रीढ़ की हड्डी से गुजरते हुए अपनी तंत्रिकाओं और फिर हाथ-पैरों तक जाने दें और ऐसा करते हुए सोचें, मेरी तंत्रिकाएँ मेरे संपूर्ण शरीर में बिल्कुल सही तरीके से काम कर रही हैं! वे मेरी इच्छानुसार काम करती हैं और मेरे अंदर महान् तंत्रिका बल है! अब अपना ध्यान अपने फेफड़ों पर केंद्रित करें और सोचें, मैं गहराई से और शांति से साँस ले रहा हूँ और वायु मेरे फेफड़ों की प्रत्येक कोशिका में जा रही है, जो उत्तम स्थिति में हैं! मेरा रक्त शुद्ध और स्वच्छ हो रहा है। अब अपना ध्यान अपने

हृदय पर केंद्रित करिए। मेरा हृदय मजबूती से और स्थिरता से धड़क रहा है, रक्त-संचार उत्तम है, हाथ-पैरों तक भी! अब पाचन-तंत्र पर आइए—मेरा पेट और मेरी आँतें अपना कार्य उत्तम तरीके से कर रहे हैं; मेरा भोजन पचकर आत्मसात् हो रहा है और मेरा शरीर पुनर्निर्मित व पोषित हो रहा है; मेरा यकृत, गुर्दे और मूत्राशय—सब अपने-अपने कार्य बिना दर्द और तनाव के पूर्ण कर रहे हैं! मैं पूर्ण रूप से स्वस्थ हूँ। मेरा शरीर आराम कर रहा है, मेरा दिमाग शांत है और मेरी आत्मा में सुकून है।

मुझे वित्तीय या अन्य किसी विषय से संबंधित कोई चिंता नहीं है। ईश्वर, जो मेरे अंदर है, वह उन चीजों में भी है, जो मुझे चाहिए और वह उन चीजों को मेरी ओर आने के लिए प्रेरित करता है; मुझे जो भी चाहिए, वह मुझे पहले ही मिल चुका है। मुझे अपने स्वास्थ्य को लेकर कोई उत्कंठा नहीं है, क्योंकि मैं पूर्ण रूप से स्वस्थ हूँ। मुझे किसी प्रकार की चिंता या डर नहीं है।

ईश्वर, जो मेरे अंदर है, वह उन चीजों में भी है, जो मुझे चाहिए और वह उन चीजों को मेरी ओर आने के लिए प्रेरित करता है; मुझे जो भी चाहिए, वह मुझे पहले ही मिल चुका है। मुझे अपने स्वास्थ्य को लेकर कोई उत्कंठा नहीं है, क्योंकि मैं पूर्ण रूप से स्वस्थ हूँ। मुझे किसी प्रकार की चिंता या डर नहीं है।

मैं नैतिक बुराइयों के प्रलोभन से ऊपर उठ चुका हूँ। मैंने हर प्रकार के लोभ, स्वार्थ और संकुचित व्यक्तिगत महत्त्वाकांक्षा को अपने मन से बाहर निकाल दिया है। मेरे मन में किसी भी जीवित प्राणी के प्रति ईर्ष्या, द्वेष या शत्रुता की भावना नहीं है। मैं ऐसा कोई कार्य नहीं करूँगा, जो मेरे उच्चतम आदर्शों के अनुरूप नहीं है। मैं सही हूँ और मैं सही कार्य करूँगा।

दृष्टिकोण

इस संसार में सबकुछ ठीक है। यह श्रेष्ठ है और संपूर्णता की ओर अग्रसर है। मैं सामाजिक, राजनीतिक और औद्योगिक जीवन के तथ्यों को इसी उच्च दृष्टिकोण से देखूँगा। ध्यानपूर्वक देखिए, यह सबकुछ बहुत अच्छा है। मैं सभी मनुष्यों को—अपने परिचितों, मित्रों, पड़ोसियों और अपने परिवार के सदस्यों को भी—इसी दृष्टिकोण से देखूँगा। वे सब बहुत अच्छे हैं। इस ब्रह्मांड में कुछ भी गलत नहीं है। मेरे अपने दृष्टिकोण के अलावा कुछ भी गलत नहीं हो सकता और अब मैं उसे बिल्कुल सही रखूँगा। मेरा संपूर्ण विश्वास ईश्वर में है।

प्रतिष्ठापन

मैं अपनी अंतरात्मा की आवाज सुनूँगा और अपने अंदर स्थित उस उच्चतम शक्ति के प्रति सच्चा रहूँगा। मैं अपने अंतर में ही हर चीज के प्रति सही दृष्टिकोण की तलाश करूँगा और जब मुझे वह प्राप्त हो जाएगा तो मैं अपने बाह्य जीवन में उसे व्यक्त करूँगा। मैं अपनी हर उस आदत, जिसे मैं अच्छे के लिए छोड़ चुका हूँ, का पूर्ण रूप से परित्याग करूँगा। मैं अपने सभी संबंधों के प्रति उच्चतम विचार रखूँगा और मेरा व्यवहार एवं मेरे कर्म इन विचारों को व्यक्त करेंगे। मैं अपने शरीर को अपनी बुद्धि द्वारा शासित होने के लिए समर्पित करता हूँ; अपनी बुद्धि को मैं अपनी आत्मा के अधीन करता हूँ और अपनी आत्मा को ईश्वर द्वारा अपने मार्गदर्शन के लिए सौंपता हूँ।

मैं अपने शरीर को अपनी बुद्धि द्वारा शासित होने के लिए समर्पित करता हूँ; अपनी बुद्धि को मैं अपनी आत्मा के अधीन करता हूँ और अपनी आत्मा को ईश्वर द्वारा अपने मार्गदर्शन के लिए सौंपता हूँ।

पहचान

यहाँ सिर्फ एक तत्त्व है और एक ही स्रोत है। उसी से मैं बना हूँ और उसी से एकाकार हूँ। वह मेरा परमपिता है; मैं उसी की रचना हूँ। मेरे परमपिता और मैं एक हैं और वे मुझसे अधिक महान् हैं, इसलिए मैं उनकी इच्छानुसार कार्य करता हूँ। मैं स्वयं को उस पवित्र आत्मा से चेतन रूप में जुड़ने के लिए समर्पित करता हूँ। वे एक ही हैं और सर्वत्र व्याप्त हैं। मैं उस अनंत चेतनावस्था के साथ एकाकार हूँ।

आदर्शीकरण

आप जैसे बनना चाहते हैं, वैसी ही छवि अपने मन में बनाएँ और वह छवि अपने श्रेष्ठतम रूप में होनी चाहिए। कुछ देर अपना ध्यान उस पर केंद्रित करें और सोचें, यही मेरा असली रूप है; यह मेरा श्रेष्ठ रूप है, जो पूर्णता की ओर अग्रसर है। मैं अब सामाजिक, राजनीतिक व औद्योगिक जीवन के तथ्यों के बारे में इसी उच्च दृष्टिकोण से विचार करूँगा। ध्यानपूर्वक देखें, यहाँ सबकुछ बहुत अच्छा है। मैं सभी मनुष्यों से—अपने परिचितों, मित्रों, पड़ोसियों और अपने परिवार के सदस्यों से—समान व्यवहार करूँगा। वे सब बहुत अच्छे हैं।

इस ब्रह्मांड में कुछ भी बुरा नहीं है; मेरे अपने दृष्टिकोण के अलावा कुछ भी गलत नहीं हो सकता, इसलिए मैं उसे सही रखूँगा। मेरा संपूर्ण विश्वास ईश्वर में है।

मैं स्वयं को वह बनने की शक्ति देता हूँ, जो मैं बनना चाहता हूँ और वह करने की, जो मैं करना चाहता हूँ। मैं रचनात्मक शक्ति का उपयोग करता हूँ; जितनी भी शक्ति है, वह मेरी है। मैं उठूँगा व शक्ति और संपूर्ण आत्मविश्वास के साथ आगे बढ़ूँगा; मैं अपने ईश्वर से शक्ति लेकर महान् कार्य करूँगा। मेरे मन में विश्वास होगा, भय नहीं, क्योंकि ईश्वर मेरे साथ हैं।

□

22

महान् बनने के विज्ञान का सारांश

सभी मनुष्य एक ही बुद्धिमान तत्त्व से बने हैं, इसलिए सब में एक समान अनिवार्य शक्तियाँ और संभावनाएँ हैं। महानता भी सब में समान रूप से निहित है और सब में बाह्य रूप से प्रकट हो सकती है। प्रत्येक व्यक्ति महान् बन सकता है। ईश्वर का प्रत्येक घटक मनुष्य का घटक है।

मनुष्य अपनी आत्मा में निहित रचनात्मक शक्ति का प्रयोग करके आनुवंशिकता और परिस्थिति—दोनों पर विजय प्राप्त कर सकता है। यदि किसी व्यक्ति को महान् बनना है तो उसकी आत्मा को सक्रिय होना पड़ेगा और उसकी बुद्धि व शरीर पर शासन करना पड़ेगा।

मनुष्य का ज्ञान सीमित होता है और अज्ञानता के कारण वह गलतियाँ कर सकता है। इससे बचने के लिए उसे अपनी आत्मा को उस सार्वभौमिक आत्मा से जोड़ना पड़ेगा। सार्वभौमिक आत्मा वह बुद्धिमान तत्त्व है, जहाँ से हर चीज की उत्पत्ति होती है; वह हर चीज के अंदर होती है। इस सार्वभौमिक आत्मा के पास संपूर्ण ज्ञान होता है और मनुष्य उससे इस प्रकार एकाकार हो सकता है कि उसे भी संपूर्ण ज्ञान की प्राप्ति हो जाए।

ऐसा करने के लिए मनुष्य को हर वह चीज त्याग देनी चाहिए, जो

उसे ईश्वर से अलग करती है। उसे पवित्र जीवन जीने का प्रयास करना चाहिए और हर प्रकार के नैतिक प्रलोभनों से ऊपर उठना चाहिए। उसे ऐसा कोई भी कार्य नहीं करना चाहिए, जो उसके उच्चतम आदर्शों के अनुरूप न हो।

उसे एक सही दृष्टिकोण तक पहुँचना चाहिए और इस सत्य को पहचानना चाहिए कि ईश्वर ही सबकुछ है, सब में है और कहीं कुछ गलत नहीं है। उसे समझना चाहिए कि प्रकृति, समाज, शासन एवं उद्योग अपनी वर्तमान अवस्था में श्रेष्ठ हैं और पूर्णता की ओर बढ़ रहे हैं और यह भी कि सभी स्त्रियाँ व पुरुष अपनी-अपनी जगह पर सही कार्य कर रहे हैं और श्रेष्ठ हैं। उसे जानना चाहिए कि संसार में सबकुछ ठीक है और फिर ईश्वर के साथ एकाकार होकर संसार की संपूर्णता के लिए कार्य करना चाहिए। जब मनुष्य ईश्वर को सर्वव्यापी और महान् प्रगतिशील उपस्थिति की तरह समझेगा और सब में अच्छाई देखेगा, तभी वह वास्तविक महानता प्राप्त कर पाएगा।

उसे अपनी अंतरात्मा की आवाज सुनकर अपने अंदर स्थित उच्चतम शक्ति की सेवा में स्वयं को प्रतिष्ठापित करना चाहिए। प्रत्येक मनुष्य के अंदर एक आंतरिक प्रकाश होता है, जो उसे निरंतर उच्चतम शक्ति की ओर बढ़ने के लिए प्रेरित करता है और महान् बनने के लिए उसे इसी प्रकाश द्वारा निर्देशित होना चाहिए।

उसे अपनी अंतरात्मा की आवाज सुनकर अपने अंदर स्थित उच्चतम शक्ति की सेवा में स्वयं को प्रतिष्ठापित करना चाहिए। प्रत्येक मनुष्य के अंदर एक आंतरिक प्रकाश होता है, जो उसे निरंतर उच्चतम शक्ति की ओर बढ़ने के लिए प्रेरित करता है और महान् बनने के लिए उसे इसी प्रकाश द्वारा निर्देशित होना चाहिए।

उसे इस सत्य को पहचानना चाहिए कि वह परमपिता के साथ एकाकार है और चेतन होकर अपने लिए तथा सबके लिए भी इस एकात्मकता का समर्थन करना चाहिए। उसे स्वयं को देवों के बीच एक देव समझना चाहिए और उसी के अनुरूप कार्य करना चाहिए। उसे सत्य के प्रति अपनी धारणा पर पूर्ण रूप से विश्वास होना चाहिए और इस धारणा के अनुसार कार्य करने की शुरुआत अपने घर से करनी चाहिए। जब वह छोटी चीजों को सही दृष्टिकोण से देखने लगे तो उसे उसी के अनुसार कार्य करना चाहिए। उसे बिना सोचे-विचारे कोई काम नहीं करना चाहिए और सोचने की शुरुआत करनी चाहिए। उसे अपने विचारों के प्रति ईमानदार होना चाहिए।

उसे अपने बारे में एक उच्च मानसिक धारणा बनानी चाहिए और उस धारणा को तब तक अपने मन में रखना चाहिए, जब तक वह उसका अभ्यस्त न हो जाए। इस धारणा को उसे सदा अपने सामने रखना चाहिए। उसे बाह्य रूप से उस धारणा को महसूस करना चाहिए और अपनी क्रियाओं में व्यक्त करना चाहिए। वह जो कुछ भी करता है, उसे महान् तरीके से करना चाहिए।

उसे अपने बारे में एक उच्च मानसिक धारणा बनानी चाहिए और उस धारणा को तब तक अपने मन में रखना चाहिए, जब तक वह उसका अभ्यस्त न हो जाए। इस धारणा को उसे सदा अपने सामने रखना चाहिए। उसे बाह्य रूप से उस धारणा को महसूस करना चाहिए और अपनी क्रियाओं में व्यक्त करना चाहिए। वह जो कुछ भी करता है, उसे महान् तरीके से करना चाहिए। अपने परिवार, पड़ोसियों, परिचितों और मित्रों से बात करते समय उसका व्यवहार पूर्ण रूप से उसके आदर्शों का प्रतीक होना चाहिए। जो व्यक्ति सही दृष्टिकोण तक पहुँचकर पूर्ण प्रतिष्ठापन कर

लेता है और एक महान् व्यक्ति के रूप में पूरी तरह अपना आदर्शीकरण करता है—अपने हर काम में, चाहे वह कितना भी छोटा हो, अपने आदर्श की अभिव्यक्ति करता है, उसने पहले ही महानता प्राप्त कर ली है। जो कुछ भी वह करता है, वह महान् तरीके से होगा। वह अपनी पहचान बना लेगा और एक शक्तिशाली व्यक्तित्व के रूप में जाना जाएगा। वह अंत:प्रेरणा से ज्ञान प्राप्त करेगा और वह सबकुछ जान जाएगा, जो उसे जानना चाहिए। वह जिस भौतिक संपत्ति व सुख-सुविधा की कल्पना करता है, वह सब उसे मिलेगी और उसके पास किसी भी अच्छी चीज की कमी नहीं रहेगी। उसे हर प्रकार की चाही-अनचाही परिस्थिति का सामना करने की योग्यता प्राप्त होगी और उसका विकास व प्रगति निरंतर और तेज होगी।

महान् कार्य स्वयं उसके पास आएँगे और सभी लोग उसका सम्मान करने में प्रसन्नता महसूस करेंगे। इस पुस्तक के महान् बनने के विज्ञान का इसके विद्यार्थी के लिए विशेष महत्त्व होने के कारण मैं एमर्सन के निबंध 'ओवरसोल' के एक अंश के साथ समाप्त करना चाहता हूँ। यह महान् निबंध मौलिक है और अद्वैतवाद के बुनियादी सिद्धांतों एवं महानता के विज्ञान पर प्रकाश डालता है। मैं इस विषय के विद्यार्थी को सलाह देना चाहता हूँ कि वह इस पुस्तक के संदर्भ में उस निबंध का ध्यानपूर्वक अध्ययन करे।

महान् कार्य स्वयं उसके पास आएँगे और सभी लोग उसका सम्मान करने में प्रसन्नता महसूस करेंगे। इस पुस्तक के महान् बनने के विज्ञान का इसके विद्यार्थी के लिए विशेष महत्त्व होने के कारण मैं एमर्सन के निबंध 'ओवरसोल' के एक अंश के साथ समाप्त करना चाहता हूँ।

आवश्यकता और अज्ञानता के पीछे की सार्वभौमिक भावना क्या है, एक शिष्ट व्यंग्य के अलावा, जिसके माध्यम से मनुष्य की महान्

आत्मा इतना भारी दावा करती है? मनुष्यों को ऐसा क्यों लगता है कि मानव का स्वाभाविक इतिहास कभी नहीं लिखा गया है; बल्कि वह अपने पीछे वही छोड़ जाता है, जो आपने उसके विषय में कहा होता है और वही प्राचीन होता जाता है तथा अध्यात्म और तत्त्वज्ञान पर लिखी पुस्तकें निरर्थक हैं। छह हजार वर्षों के दर्शन ने आत्मा के प्रकोष्ठ नहीं खँगाले हैं। उसके प्रयोगों के अंतिम विश्लेषण में हमेशा ऐसा कुछ शेष रहा है, जिसका समाधान नहीं मिला है। मनुष्य एक ऐसा प्रवाह है, जिसका स्रोत छुपा हुआ है। हमारा अस्तित्व सदा हमारे अंदर पता नहीं कहाँ से उतरता रहा है! सबसे सटीक कैलकुलेटर को भी इस बात का पूर्व ज्ञान नहीं है कि अगले ही पल कुछ ऐसा घट सकता है, जिसका किसी को अनुमान न रहा हो। मैं हर पल उन घटनाओं के एक उच्चतर स्रोत को स्वीकार करने के लिए बाध्य हूँ, जो मेरी इच्छा से बढ़कर हों।

हमारा अस्तित्व सदा हमारे अंदर पता नहीं कहाँ से उतरता रहा है! सबसे सटीक कैलकुलेटर को भी इस बात का पूर्व ज्ञान नहीं है कि अगले ही पल कुछ ऐसा घट सकता है, जिसका किसी को अनुमान न रहा हो। मैं हर पल उन घटनाओं के एक उच्चतर स्रोत को स्वीकार करने के लिए बाध्य हूँ, जो मेरी इच्छा से बढ़कर हों।

जो बात घटनाओं पर लागू होती है, वही विचारों पर भी लागू होती है। जब मैं उस बहती हुई नदी को देखता हूँ, जो ऐसे स्थानों से—जिन्हें मैं देख नहीं सकता—एक मौसम में अपनी धाराएँ मुझ पर बरसाती है तो मुझे प्रतीत होता है कि मैं एक पेंशनभोगी हूँ, कोई निमित्त नहीं; बल्कि उस आकाशीय जल का चकित दर्शक! मैं अभिलाषा के साथ ऊपर देखता हूँ और स्वयं को उसके स्वागत के लिए तैयार करता हूँ; लेकिन किसी अपरिचित शक्ति से वह दृश्य सामने आ जाता है।

अतीत और वर्तमान की सभी गलतियों की महानतम समालोचक और जो होने वाला है, उसकी एकमात्र भविष्यवक्ता वह अद्‌भुत प्रकृति है, जिसमें हम विश्राम करते हैं; जैसे पृथ्वी वायुमंडल की नर्म बाँहों में विश्राम करती है; वह एकात्मकता, वह ओवरसोल, जो प्रत्येक मनुष्य के विशिष्ट अस्तित्व में निहित है और उसे बाकी सबके साथ एकरूप करता है; वह सामान्य हृदय, जिसके लिए संवाद का माध्यम पूजा है, जिसके लिए सही कर्म का अर्थ आज्ञा-पालन है; वह प्रबल यथार्थ, जो हमारी चाल और योग्यता को झूठा ठहराता है और सबको अपना असली रूप प्रकट करने पर और जुबान के बजाय अपने चरित्र के माध्यम से बोलने पर विवश करता है और जिसका उद्‌देश्य अनंत काल तक हमारे विचारों व हाथों में आने का और ज्ञान, सदाचार, शक्ति एवं सौंदर्य का रूप लेने का है। हम वंश-क्रम में, विभाजन में, खंडों में, कणों में रहते हैं।

हमारी चाल और योग्यता को झूठा ठहराता है और सबको अपना असली रूप प्रकट करने पर और जुबान के बजाय अपने चरित्र के माध्यम से बोलने पर विवश करता है और जिसका उद्‌देश्य अनंत काल तक हमारे विचारों व हाथों में आने का और ज्ञान, सदाचार, शक्ति एवं सौंदर्य का रूप लेने का है। हम वंश-क्रम में, विभाजन में, खंडों में, कणों में रहते हैं।

इस बीच, मैं यह भी कहना चाहूँगा कि मनुष्य के अंतर में सर्वव्यापी की आत्मा है; ज्ञानपूर्ण चुप्पी है; सार्वभौमिक सौंदर्य है, जिससे प्रत्येक अंश और कण समान रूप से संबद्ध है। वह एक जो अनंत है और यह गहन शक्ति, जिसमें हमारा अस्तित्व है और जिसका परम सुख हम सबके लिए सहज सुलभ है, वह न सिर्फ हर समय के लिए पर्याप्त और श्रेष्ठ है, बल्कि देखने की क्रिया और वह चीज, जो देखी गई है, द्रष्टा और प्रदर्शन, विषय और

वस्तु एक ही हैं। हम इस संसार को टुकड़ों में देखते हैं; जैसे सूर्य, चंद्रमा, पशु-पक्षी, पेड़-पौधे; लेकिन वह पूर्ण स्वरूप, जिसके ये सब रोशन अंग हैं, आत्मा है। सिर्फ उस ज्ञान को दृष्टि में रखकर सदियों की कुंडलियाँ तैयार की जा सकती हैं और सिर्फ अपने बेहतर विचारों पर विश्वास करके और भविष्य को जानने की प्रवृत्ति उत्पन्न करके, जो प्रत्येक मनुष्य में जन्मजात होती है, हम समझ सकते हैं कि वह ज्ञान क्या कहना चाहता है! प्रत्येक मनुष्य के शब्द, जो उसने उस जीवन में बोले हैं, उन मनुष्यों के लिए निरर्थक हो सकते हैं, जिन्होंने उन विचारों पर अपना ध्यान केंद्रित नहीं किया है। मुझमें साहस नहीं है उस विषय में कुछ कहने का।

मैं अपने शब्दों में उस पवित्र भावना को नहीं ला पा रहा हूँ; उनमें कुछ कमी है। वे स्वयं ही उन्हें प्रेरित कर सकते हैं, जिन्हें करना चाहेंगे और ध्यान से देखिए, उनकी वाणी संगीतमय एवं मीठी होगी और वायु के प्रवाह की भाँति सार्वभौमिक।

मैं अपने शब्दों में उस पवित्र भावना को नहीं ला पा रहा हूँ; उनमें कुछ कमी है। वे स्वयं ही उन्हें प्रेरित कर सकते हैं, जिन्हें करना चाहेंगे और ध्यान से देखिए, उनकी वाणी संगीतमय एवं मीठी होगी और वायु के प्रवाह की भाँति सार्वभौमिक।

फिर भी, मैं चाहता हूँ, अशुद्ध शब्दों के माध्यम से ही सही, यदि मैं पवित्र शब्दों का प्रयोग नहीं कर सकता, कि मैं इस देवता के स्वर्ग की ओर संकेत करूँ और उस उच्चतम सिद्धांत की उत्कृष्ट सरलता और ऊर्जा के जो संकेत मैंने एकत्रित किए हैं, उन्हें प्रस्तुत करूँ।

हम उस पर विचार करें, जो हमारे वार्तालाप में होता है, मन में उठती लहरों में होता है, पश्चात्ताप के क्षणों में, प्रेम के क्षणों में, आश्चर्य के क्षणों में, उन सपनों के निर्देश में, जहाँ हम अकसर अपने को छद्म वेश में देखते हैं। मसखरा सिर्फ एक वास्तविक तत्त्व को बढ़ा-चढ़ाकर

स्वाँग करता है और जबरदस्ती हमारा ध्यान आकर्षित करता है। हम ऐसे कई संकेतों को पकड़ सकते हैं, जो प्रकृति के रहस्य से संबंधित हमारे ज्ञान को बढ़ा सकते हैं। इन सब बातों से पता चलता है कि मनुष्य की आत्मा उसके शरीर का कोई अंग नहीं है, बल्कि वह सभी अंगों को चेतन और सक्रिय करती है। आत्मा कोई कृत्य नहीं है, जैसे कुछ याद रखने की शक्ति, गणना करने की या तुलना करने की शक्ति; बल्कि वह उन्हें हाथ-पैरों की तरह इस्तेमाल करती है; वह कोई इंद्रिय नहीं है, बल्कि एक रोशनी है; बुद्धि या इच्छा नहीं है, बल्कि बुद्धि और इच्छा की मालिक है; हमारे अस्तित्व की विशाल पृष्ठभूमि है, जिसमें हम रहते हैं; एक विशालता है, जो न किसी के अधीन है, न हो सकती है—या तो हमारे अंदर से या पीछे से, एक रोशनी निकलकर चीजों को आलोकित करती है और हमें एहसास दिलाती है कि हम कुछ भी नहीं हैं, सबकुछ वह रोशनी ही है। मनुष्य तो एक मंदिर का मुखौटा है, जिसके अंदर सारा ज्ञान और सारी अच्छाई रहती है, जिसे हम सामान्य भाषा में मनुष्य कहते हैं—भोजन करता हुआ, पानी पीता हुआ, पेड़ लगाता हुआ, गिनती करता हुआ मनुष्य। वह, जितना हम उसे जानते हैं, अपना प्रतिनिधित्व नहीं करता, बल्कि वह उसका मिथ्या रूप होता है। हम उसका सम्मान नहीं करते; लेकिन यदि वह अपनी आत्मा को—जिसका वह अंश है—अपने कर्मों द्वारा प्रकट करता है तो हम उसके सामने अपने घुटने मोड़कर बैठ जाएँगे। जब वह उसकी बुद्धि

मनुष्य तो एक मंदिर का मुखौटा है, जिसके अंदर सारा ज्ञान और सारी अच्छाई रहती है, जिसे हम सामान्य भाषा में मनुष्य कहते हैं—भोजन करता हुआ, पानी पीता हुआ, पेड़ लगाता हुआ, गिनती करता हुआ मनुष्य। वह, जितना हम उसे जानते हैं, अपना प्रतिनिधित्व नहीं करता, बल्कि वह उसका मिथ्या रूप होता है।

द्वारा साँस लेती है तो अपूर्व प्रतिभा है; जब वह उसके स्नेह से प्रवाहित होती है तो प्रेम है।

उसकी प्रगति की दर अंकों के गणित से नहीं, बल्कि उसके अपने नियम से तय की जाएगी। आत्मा की प्रगति श्रेणी से नहीं की जाती, जिसका प्रतिनिधित्व एक सीधी रेखा खींचकर किया जा सके; बल्कि स्थिति के उद्‌गम से की जाती है, जिसका प्रतिनिधित्व रूपांतरण से किया जाता है—अंडे से कीड़े में और कीड़े से तितली के रूप में। प्रतिभाशाली व्यक्तियों का विकास एक निश्चित पूर्ण चरित्र का होता है, जो किसी एक चुने हुए व्यक्ति का विकास दूसरों से पहले नहीं करता, जैसे पहले जॉन, फिर एडम, फिर रिचर्ड और इस प्रकार हर एक को हीनता का दर्द महसूस नहीं कराता; बल्कि जब भी विकास दम तोड़ता है, मनुष्य वहाँ प्रगति करता है, जहाँ वह काम करता है और प्रत्येक स्पंदन, वर्ग एवं जनसंख्या को पार करता जाता है। प्रत्येक दिव्य आवेग के साथ उसका मन प्रत्यक्ष और परिमित की परतें उधेड़ता जाता है, अनंत काल में आ जाता है और उसके वायुमंडल में साँस लेता है।

जो किसी एक चुने हुए व्यक्ति का विकास दूसरों से पहले नहीं करता, जैसे पहले जॉन, फिर एडम, फिर रिचर्ड और इस प्रकार हर एक को हीनता का दर्द महसूस नहीं कराता; बल्कि जब भी विकास दम तोड़ता है, मनुष्य वहाँ प्रगति करता है, जहाँ वह काम करता है और प्रत्येक स्पंदन, वर्ग एवं जनसंख्या को पार करता जाता है। प्रत्येक दिव्य आवेग के साथ उसका मन प्रत्यक्ष और परिमित की परतें उधेड़ता जाता है, अनंत काल में आ जाता है और उसके वायुमंडल में साँस लेता है।

यही नैतिक और मानसिक लाभ का सिद्धांत है। एक सामान्य

विकास, जैसा किसी विशिष्ट पाखंड के माध्यम से होता है, किसी विशेष सद्‌गुण में नहीं, बल्कि समस्त गुणों के क्षेत्र में। वे उस आत्मा में हैं, जिसमें सबकुछ समाया हुआ है। आत्मा गुणों की सभी विशेषताओं से श्रेष्ठ है। आत्मा को पवित्रता की आवश्यकता होती है, लेकिन पवित्रता आत्मा नहीं है; उसे न्याय की आवश्यकता होती है, लेकिन न्याय आत्मा नहीं है; उपकार की आवश्यकता होती है, लेकिन स्वयं उससे बेहतर है। इसलिए, एक प्रकार का अवतरण होता है और समझौते की भावना महसूस होती है। जब हम नैतिक स्वभाव की बात करना छोड़ते हैं और सद्‌गुणों से जुड़ने का आग्रह करते हैं, क्योंकि आत्मा की पवित्र क्रियाओं के लिए सभी गुण स्वाभाविक हैं और कष्ट सहकर अर्जित नहीं किए गए हैं। आप एक व्यक्ति से उसके हृदय तक पहुँचनेवाली बात कहिए और वह अचानक धार्मिक बन जाएगा। इसी भावना में बौद्धिक विकास का बीज भी निहित है, जो इसी सिद्धांत को मानता है। जो विनम्रता, न्याय, प्रेम, महत्त्वाकांक्षा जैसे गुणों को अपनाने में सक्षम हैं, वे उस मंच तक पहले ही पहुँच चुके हैं, जिसके अधीन विज्ञान और कला, वाणी और कविता, क्रिया और अनुग्रह है; क्योंकि जो भी इस नैतिक परमानंद की अवस्था में रहता है, उसे पहले ही उन अद्‌भुत शक्तियों का पूर्वानुमान हो जाता

जो विनम्रता, न्याय, प्रेम, महत्त्वाकांक्षा जैसे गुणों को अपनाने में सक्षम हैं, वे उस मंच तक पहले ही पहुँच चुके हैं, जिसके अधीन विज्ञान और कला, वाणी और कविता, क्रिया और अनुग्रह है; क्योंकि जो भी इस नैतिक परमानंद की अवस्था में रहता है, उसे पहले ही उन अद्‌भुत शक्तियों का पूर्वानुमान हो जाता है, जिन्हें मनुष्य इतना उच्च स्थान देते हैं; उसी प्रकार, जैसे प्रेम उन सभी उपहारों के साथ न्याय करता है, जो प्रेमी ने दिए होते हैं।

है, जिन्हें मनुष्य इतना उच्च्च स्थान देते हैं; उसी प्रकार, जैसे प्रेम उन सभी उपहारों के साथ न्याय करता है, जो प्रेमी ने दिए होते हैं। प्रेमी के पास ऐसी कोई योग्यता, कोई कौशल नहीं होता, जो उसकी अनुरक्त प्रेमिका की दृष्टि में छोटा या कम हो, चाहे उसके पास संबंधित योग्यता की कितनी भी कमी हो और वह हृदय, जो स्वयं को उस उच्च्चतम बुद्धि के अधिकार में सौंप देता है, अपने को उसकी सभी क्रियाओं से जुड़ा हुआ पाता है और ज्ञान एवं शक्ति तक पहुँचने के राजसी पथ पर अग्रसर होता है; क्योंकि इस मुख्य और मूल भावना तक पहुँचने के लिए हम परिधि पर स्थित अपने सुदूर प्रदेश से तत्काल संसार के मध्य में आ गए हैं, जहाँ जैसा कि ईश्वर की कोठरी में होता है, हम हर चीज के कारण देखते हैं और ब्रह्मांड के बारे में पूर्वानुमान करते हैं, जिसका प्रभाव कुछ धीमा होता है।